어느 날,
환상 가득한
산장에서

어느 날, 환상 가득한 산장에서

세상에서 가장 기이하고 재미난 이야기

초 판 1쇄 2024년 11월 12일

지은이 문준성
펴낸이 류종렬

펴낸곳 미다스북스
본부장 임종익
편집장 이다경, 김가영
디자인 윤가희, 임인영
책임진행 김요섭, 이예나, 안채원, 김은진, 장민주

등록 2001년 3월 21일 제2001-000040호
주소 서울시 마포구 양화로 133 서교타워 711호
전화 02) 322-7802~3
팩스 02) 6007-1845
블로그 http://blog.naver.com/midasbooks
전자주소 midasbooks@hanmail.net
페이스북 https://www.facebook.com/midasbooks425
인스타그램 https://www.instagram.com/midasbooks

ISBN 979-11-6910-912-3 03810

값 17,500원

미다스북스는 다음세대에게 필요한 지혜와 교양을 생각합니다.

어느 날,
환상 가득한
산장에서

문준성

세상에서 가장 기이하고 재미난 이야기

미다스북스

프롤로그

여기 환상적인 네 편의 기이하고 재미있는 이야기를 세상에 내놓습니다. 사실 이 이야기들의 소재는 때로는 어디서 들은 이야기와 그림에서 온 영감들 또한 평소에 꼭 쓰고 싶던 이야기들을 조합한 것입니다. 이 네 편의 이야기들은 그냥 너무 심각하지 않게 할아버지가 들려주시는 신화, 민담, 전설과 같이 들어도 좋을 것입니다. 어느 날, 환상 가득한 산장에 네 명의 이야기 잘하는 이야기꾼들이 모였습니다. 그들은 자신만의 기이하고 재미있는 이야기를 하고 있었습니다. 그들은 자신의 이야기가 최고라고 주장합니다. 누구의 이야기가 최고 인지는 독자들이 판단할 것입니다.

저는 문학이 너무 심각해지지 않기를 바랍니다. 단지 문학은 독자들을 위로하고 독자들이 세상에서의 한파를 조금이나마 잊어가고 재미있는 이야기를 들려주는 도구가 되기를 바랄 뿐입니다.

단지 이번 작품에서 저는 꼭 스토리텔링과 상상력과 재미만을 부여하려고 한 것은 아닙니다. 물론 이 요소들은 작품에서 매우 중요 요소라고 생각합니다.

저는 이 작품을 통해서 절대적 운명론에 기초한 Magical realism(마술적 사실주의)과 메타픽션의 기법을 구현하려고 했습니다. 이것은 오래 저의 작품에서 구현하려고 준비해 왔던 것입니다. 이것을 프롤로그를 통해서 꼭 밝히고 싶습니다. 그리고 세상 작품 속에서 기독교적 세계관을 이 작품에 담으려고 시도했습니다.

저의 작품의 성격을 꼭 무엇이라고 설명하고 싶지는 않습니다. 그것은 작품을 하면서 계속해서 달라지기 때문입니다. 그렇지만 이번 작품에서 제가 시도하려고 하는 것은 하나의 큰 의미가 있다고 생각합니다.

아무쪼록 이번 작품을 통해서 독자들이 그냥 즐기고 재미있는 환상적인 세계로 들어갈 수 있다면 즐거울 것입니다.

– 작품을 시작하며 문준성 작가

서장
— 2050년 1월 어느 날 눈 덮인 산장에서

이름도 정체도 모르는 네 사람이 모였다. 그들은 어느 눈 덮인 산장에 모여 있었다. 서로의 정체를 모르는 사람들이었지만 그들의 눈에는 알 수 없는 불꽃들이 타올랐다.

옆에 있는 나무에서 타오르고 있는 불꽃들의 존재가 오히려 그들의 눈빛에 묻히는 듯했다. 기이하고 엄숙한 분위기마저 감돌고 있었다.

네 명의 남자가 둘러앉아서 서로를 쳐다보면서 침묵하는 그때 첫 번째 남자가 말을 꺼냈다.

"우리가 이렇게 산장에서 함께 오늘 하룻밤을 보내게 된 것도 인연이라면 큰 인연인데 재밌는 이야기를 한 사람씩 하고 가장 재미있는 이야기를 한 사람에게 상을 주면 어떻겠소?"

그 말에 반갑게 화답하듯이 옆에 앉아 있던 두 번째 남자가 말을 꺼냈다.

"그거 참 좋은 생각이오. 우리는 각자 이곳에 왔지만, 이 밤은 왠지 길고 지루했소. 그러니 재미있는 이야기를 서로 해준다면 따분함을 지울 수가 있을 것이오."

옆에 있던 세 번째 네 번째 남자도 그들의 말에 동의했다.

세 번째 남자가 갑자기 이렇게 물어왔다.

"그럼 어떻게 시작을 할 것이고 어떤 상을 준다는 말이오?"

네 번째 남자가 말했다.

"그거야 첫 번째 남자가 먼저하고 순서대로 이야기하면 될 것이고 상은 그 사람의 작은 소원을 들어주는 거로 하면 어떻겠소?"

첫 번째 남자가 말했다.

"그렇게 하기로 하죠. 그럼 저부터 이야기해 보도록 하겠소. 작은 소원은 이긴 사람에게 나머지 세 사람이 들어주는 거로 하면 좋을 것 같소."

"좋소. 그럼 시작하시오."

나머지 세 사람이 이구동성으로 말했다.

첫 번째 환상 이야기
– 순장의 길을 택한 궁녀의 시조

"무려왕이여! 죽어서도 백성과 종묘사직과
이 나라를 영원히 지켜주소서."

첫 번째 남자는 의미심장한 표정이 되어서 이야기를 시작했다.

"그럼 이야기를 시작해보겠소. 신라 시대에 알려지지 않은 왕이었던 무려왕이 있었소. 그리고 그를 사랑하는 궁녀 화선이 있었소. 화선은 무려왕을 너무나도 사모해서 매일 밤 잠을 자지 못할 정도였소. 화선은 단지 무려왕을 먼발치에서 단 한 번 보았을 뿐이었지만 그를 너무나도 흠모했소. 그렇지만 신분과 나이와 환경의 너무 큰 차이로 화선은 무려왕에게 다가갈 수가 없었소. 자 이제부터는 나의 목소리가 아닌 그 시대에 그들의 이야기로 한번 들어보도록 하오."

눈에 눈물이 지긋이 고인 화선은 그날도 눈물로 밤을 지새웠다. 화선은 무려왕의 생각에 온 마음과 신경이 곤두섰다. 화선의 머릿속에는 오직 무려왕밖에는 생각나지 않았다.

오직 무려왕의 모습과 그의 자태와 인품과 모든 것이 화선의 마음속에 파고들어서 그녀의 마음을 들뜨게도, 슬프게도 했다. 그녀의 눈에

맺힌 눈물은 뼈에 사무치는 그리움의 눈물이었다. 그녀는 그 눈물을 결코 물리칠 수가 없었다. 물리치고 싶어도 내부에서 올라오는 그리움의 눈물을 제어할 힘이 그녀에게는 없었다.

그녀의 마음의 풍경은 무려왕의 사랑만이 채워줄 수 있는 풍경이었다. 만약에 그의 사랑을 받을 수가 없다면 그녀의 마음의 풍경은 어둠의 풍경만이 도사리고 있을 뿐이었다. 이렇게 애절하면서도 간절히 화선은 무려왕을 원했지만 궁녀의 신분으로 도저히 왕의 근처에도 갈 수가 없었다.

무려왕은 자신의 이러한 불타는 사랑과 그리움을 모르고 있을 것이었다. 아니 무려왕은 화선이라는 궁녀의 존재 자체도 모를 것이었다. 무려왕은 왕비와 수많은 궁녀의 사랑을 독차지하고 있는 하늘과 같으신 분이기 때문에 자신과 같이 미천하고 나약한 존재를 알 리가 없었다.

이러한 상황이기에 화선은 더욱더 몸이 쇠약해지고 상사병으로 마음에 불이 타올랐다. 화선은 그리움에 사무쳐서 그 그리움의 숲에서 더 이상 헤어나지 못하는 가여운 노루와 같은 존재였다. 그렇게 마음을 애태우고 있던 화선은 어느 날 무려왕이 사냥하러 간다는 소식을 들었다. 화선은 무조건 아무 생각 없이 미친 듯이 그 사냥터로 왕을 따라갔다.

"허허 오늘은 노루가 너무 빠르구려. 좀처럼 잡기가 쉽지 않소."

화려하고 준수한 모습의 무려왕이 옆에 있던 한 신하에게 이렇게 말했다.

"전하, 오늘 너무 무리하는 것 같습니다. 쉬면서 하시옵소서. 옥체를 보존하셔야 하옵니다."

"아니다. 오늘은 꼭 노루 한 마리를 잡아야 하겠다. 말을 대령하도록 하라."

"전하, 아니 되시옵니다. 이미 밤이 지고 있나이다. 속히 환궁하셔야 하옵니다."

"걱정하지 말고 빨리 말을 대령하도록 하라."

환한 표정의 무려왕이 위엄 있는 목소리로 명했다.

"알겠사옵니다."

그 신하는 하얀색의 수려한 모양의 백마를 무려왕 앞으로 대령했다.

신이 날 대로 나 있는 무려왕은 미친 듯이 말을 몰았다. 그때 또 한 명의 그림자도 미친 듯이 뛰고 있었다. 말도 타지 않았지만 놀라운 속도였다. 이것은 분명히 사랑의 속도일 것이었다. 한 남자를 사랑하는 여인의 사랑의 힘임이 분명했다. 초인적인 속도였다. 물론 주인공은 화선이었다.

　왕은 미친 듯이 노루를 향해서 화살을 쏟아내고 있었다. 그러나 노루들은 그런 왕을 조롱하듯이 잘도 피해 다녔고 왕은 더 열이 올랐고 더 미친 듯이 말을 몰았다. 그러다가 왕은 결국에 발을 삐끗하면서 말에서 떨어졌다. 부상이 심한 듯했다. 화선이 아무리 빠르다고 해도 아직 왕이 떨어진 곳에 당도하려면 시간이 걸릴 듯했다. 주위의 신하들도 먼 곳에 있었다. 무려왕은 오른쪽 다리의 아픔을 호소하면서 소리를 질렀다.

　화선이가 곧 당도할 것이라고는 무려왕은 꿈에도 생각하지 못하고 있었다. 단지 무려왕은 무의식 속에서 신하들이 자신을 찾지 못하면 어쩌나 하는 생각을 했다. 그때 한 호리호리한 자태의 검은 그림자가 무려왕의 눈앞에서 아른거려왔다.

　"전하, 괜찮으시옵니까?"

　맑고 청초한 여성의 목소리였다.

"누구냐?"

무려왕은 너무 놀라서 자신의 아픈 다리도 잊을 정도였다.

"지금은 소인이 누구인지가 중요한 것은 아닌 것 같나이다. 전하의 다리 부상이 심각한 듯하옵나이다. 소녀가 한번 보아도 되겠나이까?"
"그렇게 해주면 고맙겠구나. 다리를 지금 좀처럼 움직일 수가 없구나."
"그럼 한번 보겠사옵니다."

화선은 여인이지만 부끄러움을 무릅쓰고 무려왕의 다리를 살피고 자신의 소매로 피가 나오는 곳을 지혈했다.

"전하, 이제 피는 나오지 아니하오나 빨리 환궁하시어서 의원을 부르셔야 할 듯하옵니다. 소녀가 저기 있는 말 위까지 부축하겠나이다."
"정말로 고맙구나. 너의 이름이 무엇인고? 나중에 꼭 보답하고 싶구나."
"화선이라고 하옵니다. 미천한 궁녀이옵니다. 심려치 마옵소서."
"화선이라…. 꼭 기억하마."

무려왕의 이마에서는 땀이 흐르고 있으나 머리에는 화선을 새기고 있었다.

궁으로 돌아온 무려왕은 며칠 동안 다리를 치료받아야 했으므로 까맣게 화선이라는 궁녀의 이름을 잊었다.

그러던 어느 날 밤에 무려왕의 머리에 갑자기 자기를 구해준 궁녀인 그 여인이 생각났다. 그런데 아무리 생각해도 화선이라는 이름이 생각나지를 않았다. 단지 그 여인의 얼굴만이 어렴풋하게 기억날 뿐이었다. 왕은 자기를 구해준 궁녀를 빨리 찾으라는 왕명을 내렸다.

왕에게는 1 대 100으로 전투에서 승리한 무비라고 하는 전설의 호위 무사가 있었다. 그의 검은 하도 빨라서 검의 끝이 보이지가 않는다고 알려져 있었다. 호위 무사인 무비가 화선이를 찾아서 왕에게 데려왔다.

"그대의 노고를 생각하면 정말 고마운 생각밖에는 안 드오. 당신은 진정으로 나의 은인 중의 은인이요. 필요한 것이 있으면 말해보오. 내 무엇이든지 들어주리다."

얼굴이 붉게 변해 있는 화선의 얼굴을 물끄러미 바라보면서 무려왕이 이렇게 말했다.

"아니옵니다. 전하. 소녀는 아무것도 한 것이 없나이다. 저는 그저 전하의 용안을 뵈옵는 것도 영광이옵니다. 심려치 마옵소서."

"아니다. 너에게 아무것도 안 해준다면 나의 마음이 편하지 않아서 그런다. 내가 들어줄 수 있는 소원이라면 너에게 반드시 들어주고 싶구나. 너의 소원을 말해보도록 하라."

"정 그러시다면 송구하오나 전하께 올리는 음식을 제가 직접 매일 올릴 수 있도록 허락해주옵소서. 그렇게만 해주신다면 몸 둘 바를 모르겠나이다."

화선은 머리를 땅바닥까지 숙이고 고운 하얀 두 손은 치마 끝을 잡고 있었다. 아름답고 지극정성스러운 여인의 모습이었다.

"고작 소원이라는 것이 매일 나에게 음식을 올리는 것이라? 이것이 너의 진심이란 말이냐?"

무려왕은 용안이 심히 흔들릴 정도로 호탕하게 웃었다.

"그러하옵니다. 소녀는 그렇게만 된다면 아무런 다른 소원이 없나이다."

"알겠다. 그것이 너의 뜻이라면 그렇게 하도록 하여라. 매일 나에게 음식을 올리도록 하라."

"성은이 망극하옵니다. 전하."

그날 밤 화선은 잠을 설쳤다. 아무리 자려고 해도 잠이 오지를 않았다. 드디어 내일부터 꿈에도 그리던 왕의 얼굴을 매일 볼 수 있다고 생각하니 두 팔에 날개가 달려서 하늘을 나는 것만 같은 기분이었다. 이것이 꿈인지 생시인지조차 분간을 할 수 없을 것만 같은 행복감이 물밀듯이 그녀의 가슴에 밀려왔다.

드디어 다음 날 아침이 되어서 새벽부터 화선이는 음식을 정성스럽게 다른 궁녀들과 만들고 그 음식을 들고 왕 앞으로 갔다.

"전하, 아침상을 대령하였나이다."

고우면서도 떨리는 음성으로 화선이가 무려왕에게 아뢰었다.

"들라."

화선은 옷을 곱게 차려입고 입술에는 마치 장미꽃과 같은 분을 발랐다. 우아한 자태로 전하에게 간단하게 절을 하고 나서 정성스럽게 왕에게 음식을 올렸다.

"오늘은 평상시보다도 더 음식이 많고 푸짐한 것 같소? 첫날이라서 이렇게 신경을 쓴 것이오?"

"아니옵니다. 전하. 앞으로는 이것보다 더 많고 맛있는 음식을 전하에게 올릴 것이옵니다. 맛있게 드시옵소서."

무려왕은 그때야 비로소 화선이의 얼굴을 똑바로 바라보고 이목구비를 찬찬히 뜯어보았다. 참으로 뛰어난 미모였다. 백옥 같은 피부와 왕방울 같은 눈과 앵두 같은 입술과 오똑한 콧날은 뭇 남성들을 녹이고도 남을 만한 것이었다. 중국의 서시가 부활해서 나타난 것만 같았다. 왕은 그 미모에 감탄하면서 이렇게 말했다.

"오늘에서야 그대의 얼굴을 제대로 보았소. 그간 경황이 없긴 했나 보오. 이렇게 뛰어난 미모를 가진 궁녀가 있었다니…. 그리고 그대가 짐을 구해주었다니 정말 놀라운 일이오."

"전하, 과찬의 말씀이시옵니다. 아무래도 오늘 아침을 풍성하게 올려서 전하께서 소녀에게 농을 하고 계신 듯하옵니다."

화선의 입가에는 화기가 돌았다.

"아니오. 그대의 미모는 아마 이 나라를 다 뒤져도 찾기 힘들 것이오. 앞으로 짐의 곁에서 대화도 나누도록 하오.”

활기찬 표정의 무려왕은 확실히 화선의 미모에 반했다.

“소녀는 그저 전하를 모시는 것만 해도 무한 영광이옵니다.”

겸손한 화선은 그렇게 말하고 지체 없이 왕 앞에서 사라졌다. 마치 남자의 애간장을 어떻게 태우는지를 잘 알고 있다는 듯이….

그렇게 화선은 매일 무려왕에게 정성껏 음식을 대령했다. 맛있는 음식이 무려왕의 입으로 들어가 양식이 되어서 왕의 건강을 지켜주듯이 무려왕과 화선의 사이는 그렇게 무르익어갔다. 사람의 인연은 어쩌면 마음대로 되는 것이 아닌 듯싶었다. 사람의 인연은 천의 원리로 돌아가는 것이지 인의 원리로 돌아가는 것이 아니었다.

화선과 무려왕은 어쩌면 만날 수 없는 신분과 환경이었지만 둘은 천의 원리에 의해서 점점 더 가까워졌다. 하늘에서 점지해준 사람은 인간의 노력으로 떼놓을 수가 없듯이 둘은 다정한 연인이 되었다.

“이제 하루라도 너를 안 보고는 좀 허전할 거 같구나. 화선아.”

정이 듬뿍 배어 있는 부드러운 음성으로 무려왕이 화선에게 말했다.

"감히 저도 그러한 마음이 드옵니다."

복숭아같이 활짝 피어오른 미모의 화선도 자신의 마음을 스스럼없이 고백했다.

"이렇게 마음이 일치하는 때도 요즘 들어 드문 거 같구나."
"하오나 이제 전하와 소녀는 자주 만나서는 안 될 듯싶사옵니다."
"그건 왜 그런고?"

무려왕은 의아한 표정을 지었다.

"지금 궁 안에서는 점점 보는 눈이 많아지고 있고 말들이 많아지고 있습니다. 특히 궁녀들 사이에서 저는 이미 질투의 대상이 된 지 오래이옵니다. 이렇게 된다면 반드시 여왕님의 귀에도 들어가게 될 것이고 좋을 것이 없사옵니다."

이렇게 말하는 화선의 눈가는 살짝 젖어 있었다.

"그렇다고 너를 보지 않고는 살 수 없을 거 같구나. 그런 질투에는 신경도 쓰지 말아라. 내가 너를 지켜줄 것이다. 너는 이미 내 마음속 깊은 곳에 들어와 있고 너를 떠나서는 나는 한순간도 살 수가 없다."

무려왕의 말에는 위엄과 함께 아련함이 서려 있었다.

"전하, 만약에 이렇게 가다가는 이제 제가 많은 궁녀들에게 질책과 공격을 받게 될 것이옵니다. 통촉하여주옵소서."

화선의 눈가에는 이미 눈물이 잔뜩 고여 있었다.

"그래도 안 된다. 내가 좋은 방법을 강구해볼 터이니 조금만 기다리 도록 해라."

이미 무려왕은 화선이라는 강물에 빠져서 더는 나올 수 없는 상태에 이르렀다.

"그럼 알겠사옵니다. 그러나 내일부터는 제가 아침상을 못 올릴 듯 하옵니다. 저는 전하의 명을 기다리고 있겠습니다."

화선의 얼굴은 아쉬움으로 가득 차 있었다.

"알겠다. 가서 기다리도록 하라."

하루 이틀이 가고 일주일이 가도 무려왕은 아무리 생각해보아도 묘책이 떠오르지를 않았다. 그러나 시간이 한 달이 지났는데도 무려왕의 머릿속에는 온통 화선이밖에 생각이 나지를 않았다. 예전 같으면 일주일만 지나면 궁녀쯤은 잊고 살았는데 이상하게도 화선이는 무려왕의 마음속에서 떠나지를 않았다. 무려왕도 그게 신기하기도 했고 마음이 뜨거워지고 쓰라림을 날마다 느꼈다. 그러나 무려왕도 뾰족한 수가 없으니 답답하기만 했다.

무려왕의 부름을 기다리고 있던 화선은 날마다 무려왕을 생각하면서 뜬눈으로 밤을 새다가 울면서 무려왕을 그리워하고 있었다. 화선도 무려왕을 잊어보려고 노력했으나 그것이 인간의 노력으로 되지를 않았다.

화선도 무려왕과 마찬가지로 무려왕이 마음속에 가득하고 머릿속에도 무려왕만이 가득했다. 화선은 순간순간마다 무려왕만 생각났다. 화선의 눈가는 항상 젖어 있었다.

화선을 잊지 못하는 무려왕은 참을 수 없어서 어느 날 저녁 몰래 전설의 호위 무사 무비를 통해서 화선이를 불렀다. 그런데 화선이를 쫓는 작은 그림자가 있었으니 그것은 왕비가 보낸 무수리였다. 왕비는 이미 무려왕과 화선이의 관계를 눈치채고 화선이를 감시하고 있었다. 화선이도 너무 무려왕이 그리워서 무수리가 뒤에서 쫓아오는 줄도 모르고 왕이 계시는 방으로 슬그머니 들어갔다. 그러나 전설의 호위 무사 무비는 무수리의 미행을 이미 눈치채고 있었다.

"웬 년이냐?"
"아무것도 아닙니다. 저는 왕비님께 가고 있는 무수리일 뿐입니다."
"아무래도 우리 뒤를 쫓아온 것이 분명하다."

무비가 날카로운 목소리로 추궁했다.

"그런 것이 아니옵니다. 저는 그저 가던 길을 가고 있었습니다."

무수리는 완강히 부인했다.

"다시는 뒤를 쫓지 않는 것이 좋을 것이다. 냉큼 가보거라."

무비의 눈빛은 절대 고수답게 강하게 빛을 발했다.

"알겠습니다."

무수리는 쫓기듯이 물러섰다.

그리고 그날 밤 왕의 방의 불은 이 세상은 아무도 모른다는 듯이 꺼졌다. 그러나 이 사실은 무려왕의 왕비인 신 씨에게 들어갔다.

"뭣이라? 그 계집이 기어코 왕의 내실로 들어갔고 불이 꺼졌다는 것이 사실인고?"

왕비의 목소리는 분노를 넘어서 무서웠다.

"그러하옵니다."

무수리는 몸을 웅크리며 왕비 앞에서 어쩔 줄을 몰라 했다.

"내 이년을 기필코 가만두지 않을 것이다. 당장 나갈 채비를 하도록 하라."

"아니 되옵니다. 왕비마마. 명을 거두어주옵소서."

옆에 있던 김 상궁이 왕비를 말렸다.

"무엇이 안 된다는 말이냐. 내 허락 없이 왕과 동침을 한 궁녀는 죽어 마땅하다. 이는 왕실의 기강과 법도를 흔드는 중대한 역모이니라. 감히 야밤의 고양이처럼 그렇게 왕의 침소로 기어들어 가다니…."

왕비의 표정은 마치 호랑이가 사슴을 방금이라도 잡을 듯했다.

"그 죄는 죽어 마땅하오나 신중하셔야 하옵니다. 이미 그 궁녀는 왕의 총애를 한 몸에 받고 있사오니 왕비께서 움직이시면 체통만 깎이시옵니다. 부디 통촉하시고 후일을 기약하시옵소서."

표독스러움의 대명사인 김 상궁은 현실적인 말을 내뱉었다.

"그럼 이 일을 어쩌면 좋단 말이냐. 내 분하고 원통해서 이 긴 밤을 뜬눈으로 새하얗게 샐 것만 같구나."

흥분한 모습의 왕비의 얼굴은 붉으락푸르락했다.

"방법이 전혀 없는 것은 아니옵니다."

김 상궁이 교활한 눈빛을 번뜩거리며 고개를 숙였다.

"무슨 좋은 방법이 있느냐?"
"소인에게 맡겨만 주옵소서. 며칠 내로 좋은 소식을 전해드리겠습니다."
"그럼 내 김 상궁만 믿소."

평소 김 상궁을 전적으로 신뢰하는 왕비가 고개를 살짝 까딱거렸다.

"망극하옵니다."

그렇게 왕비의 노여움을 간신히 풀어드리고 왕비의 처소에서 나온 김 상궁은 즉시 궁녀들의 방으로 향했다. 김 상궁은 궁녀 중에서도 가장 지위가 높은 궁녀이자 오래된 궁녀였다. 김 상궁은 일명 궁녀들 사이에서는 왕독사로 불리고 있었다. 한번 찍히거나 물리면 궁에서 살아날 궁녀가 없는 것이었다. 그런 김 상궁이 이 일을 알게 되었으니 화선이의 앞날은 그야말로 풍전등화였다.

어느 밤이 깊고 달이 밝은 날 김 상궁은 화선이를 조용히 불렀다.

"부르셨나이까. 김 상궁 마마."

삼엄한 분위기를 감지한 화선이가 고개를 숙였다.

"그래, 요즘 어떻게 지내고 있는가? 궁의 일에는 잘 적응이 되는고?"

약간 차가운 음성으로 앙칼지게 김 상궁이 화선에게 물었다.

"상궁 마마님의 한없는 은혜로 잘 지내고 있사옵니다."

화선의 목소리는 약간 떨렸다.

"내가 지금부터 하는 말을 오해 없이 들었으면 하네."
"예. 상궁 마마님."

당황한 기색의 화선이의 가슴에 불길한 기운이 솟아올랐다.

"요즘 궁에서는 왕과 너의 관계가 심상치 않다는 상서롭지 않은 소문이 있는데 그것이 사실인고?"

　김 상궁은 거두절미하고 직접 물었다.

"전혀 사실이 아니옵니다. 그런 일은 절대 없사옵니다."

　이렇게 말하는 화선이의 미간은 약간 흔들렸다.

"네가 밤중에 몰래 밤 고양이처럼 왕의 처소로 들어간 것을 본 사람이 있다. 이래도 시치미를 뗄 생각이냐."

　김 상궁의 말은 점차 차가운 추궁의 말로 변했다.

"그런 일이 절대 없사옵니다. 그건 필시 저를 모함하는 자의 헛소리에 불과할 것입니다."

　속에서 불덩이 같은 것이 솟아오르나 얼굴 표정 하나 변하지 않으면서 화선이가 둘러댔다.

"앞으로 이런 일이 있어서는 절대로 안 될 걸세. 소문이라도 두 번

다시 이런 해괴한 소문이 나지 않도록 행동에 조심을 해주시게. 다시 한번 내 귀에 이런 안 좋은 소문이 들린다면 그때는 나도 가만있지 않겠네. 알겠는가?"

김 상궁의 눈은 마치 매의 눈처럼 이글거렸다.

"알겠사옵니다. 심려치 마옵소서."

화선이는 등골이 오싹해지는 기분을 느꼈다.

김 상궁의 경고를 들은 이후로 화선이는 의도적으로 왕을 피해 다녔다. 밤에는 잠도 잘 오지 않고 속도 편하지 않았다. 그러나 왕은 화선이와의 밤의 뜨거운 사랑을 잊을 수가 없는 듯 계속해서 화선이를 찾고 있었다. 화선은 후환이 두려운 듯이 계속해서 은둔자의 생활을 했다.

그러던 어느 날, 달 밝은 밤 일어나서는 안 될 일이 화선에게 터졌다.

어두컴컴한 밤에 어떤 사람이 자신의 방 문을 두드렸다.

"누구시오?"

화선이가 겁먹은 목소리로 물었다.

"나요."
"나라니 대체 누구를 말하는 것이오?"
"문을 열어보시오."

화선은 하는 수 없이 문을 열었다. 그때 화선은 자신의 눈을 도저히 믿을 수가 없었다. 자신의 눈에 비친 사람은 분명히 왕의 얼굴이었다. 그런데 복장이 이상했다. 복장은 분명히 왕의 옷이 아니라 하인의 옷이었다. 자신을 만나기 위해서 이렇게 변장했단 말인가?

"전하, 대체 이게 무슨 해괴망측한 일이옵니까?"

화선이는 너무 놀라서 정신을 차릴 수가 없었다.

"그대를 보고 싶어서 이렇게 할 수밖에 없었소. 남들의 눈을 피하기 위해서는 이 방법밖에 없소. 좀 들어가도 되겠소?"
"아니 되옵니다. 어서 돌아가시옵소서. 이것은 소녀가 원하는 것이 아니옵니다. 통촉하여주옵소서."

화선의 마음에 두려움이 엄습해왔다.

"이미 그대가 없이 이 세상은 나에게 의미가 없게 되어버렸소. 부디 나를 받아주도록 하오."

무려왕은 이제 화선을 보기 위해서라면 이판사판의 심정이었다.

"한 나라의 왕께서 체통을 지키시지 못하고 한낱 여인에 불과한 소녀 때문에 이러신다면 백성 보기가 민망하옵니다."

화선은 이번 일은 어떻게 해서라도 막아볼 작정이었다. 만약 이 일이 궁에 알려지면 자신은 죽은 목숨이라는 것을 잘 알고 있었다.

"그대를 위해서는 내 목숨이라도 버릴 것이오."

이렇게 말하며 무려왕은 화선의 방으로 들어가고 화선을 와락 끌어안고 불을 껐다.

밖에는 전설의 호위 무사인 무비가 삼엄하게 경계를 섰다. 만약에 이 일이 왕비에게 알려지면 왕이 무척 곤란해지고 화선도 위험해진다는 것을 무비는 누구보다 잘 알고 있었다. 왕은 무비에 친형제 이상으로 신뢰를 보내고 있었다. 사실 왕의 목숨도 그에게 달릴 정도로 항상 붙어 다니는 무비였다. 무비는 왕에 대해서 누구보다도 잘 알고 있었고 친밀했다.

그렇게 무려왕과 화선의 관계는 남들의 눈을 피하면서 진행되었다. 그들은 남들이 보지 않는 궁의 구석이나 방에서 사랑을 나누었다. 그러나 화선을 의심하는 무리는 점차로 늘어났다. 화선의 행적은 점차로 궁녀들의 표적이 되었다.

하루는 무려왕이 하인 복장으로 화선을 보러 와서 한 가지 제안을 했다.

"아무래도 궁에는 보는 눈이 많아서 그대도 변장하는 것이 좋을 듯 싶소. 그대의 미모는 너무 수려하고 옷이 화려해서 남의 눈에 금방 띌 수밖에 없을 것이오. 하인 옷으로 남장을 하도록 하시오. 그리고 매일 밤 하인들의 방 옆에 있는 마구간으로 달이 뜨면 나오도록 하시오. 그것이 그대와 나의 사랑을 이어갈 수 있는 유일한 방도이고 안전할 것이오."

"전하, 안 될 일이옵니다. 그것은 해괴망측한 일이고 소녀는 그 제안을 도저히 받아들일 수 없나이다. 거두어주옵소서. 이제 전하와 만나는 일을 자제하도록 통촉하여주옵소서.”

혼비백산한 모습의 화선도 속에서는 왕을 원하고 있지만, 입술은 정반대로 움직이고 있었다.

“나는 이미 그대의 포로가 되어버렸소. 매일 밤낮으로 그대의 생각이 내 머릿속에 흐르고 순간마다 모습이 떠나지를 않소. 이제 이렇게 되어버렸으니 아무리 안 되는 일이라고 해도 그렇게 할 수밖에는 없소. 그대를 남의 이목 때문에 못 본다면 여왕의 눈치 때문에 피해야 한다면 그래야 한다면….”

이렇게 말하는 무려왕의 큰 눈에서는 눈물이 주르륵 흘러내렸다. 그 모습을 본 화선도 더 이상 무려왕을 거부할 수가 없었다. 그녀 역시 목숨을 내놓을 수도 있는 뜨거운 것이 그녀의 내부에서 매일 솟구치고 있었기 때문이었다. 그녀도 이제는 자신의 감정을 숨길 수가 없었다.

“정 그러시다면 전하…. 뜻을 받들도록 하겠습니다. 하지만 소녀는 두렵사옵니다.”
“절대로 두려워하지 마시오. 내가 그대를 평생 지켜줄 것이오.”

왕에게는 이미 화선이가 전부가 되었다.

"전하."

다음 날부터 그 두 사람은 밤마다 위험한 게임을 했다. 어찌 보면 너무나도 무모한 짓일지도 몰랐다. 남자 둘이서 마구간에 밤마다 나타난다면 그것은 주위에서 이상하게 볼지도 모르는 일이었다. 특히 봉건적인 이 시기에는 도저히 있을 수가 없는 일이었다.

무려왕과 화선은 그저 아무에게도 들키지 않기만을 바랄 뿐이었다. 그렇게 한 달간은 안전하게 만났다. 한 달이 조금 지난 어느 날이었다. 그들은 여느 때와 마찬가지로 마구간에서 만나서 애정 행각을 벌였다.

하늘도 무심하시게 그날따라 절대 고수인 무비가 병 때문에 왕을 호위하지 못했다. 왕은 단독으로 화선이를 무모하게 만났다.

"이리 더 가까이 오도록 하오. 내 그대의 아름다운 얼굴을 더 가까이서 보아야겠소."

"전하, 시간이 너무 늦었사옵니다. 이제 처소로 드시옵소서. 너무 위험하옵니다."

"괜찮소. 아직 밤은 길고 깊소. 너무 심려치 마시오."

화선이에게 이미 빠져든 무려왕은 아무것도 보이지 않았다.

"아무래도 오늘은 빨리 처소로 가고 싶다는 생각이 드옵니다."

여자의 육감은 무섭고도 정확한 것일까? 그날따라 화선은 그런 생각이 자꾸 들었다.

무려왕과 화선이 이러한 대화를 나누고 있는데 멀리 떨어진 곳에서 시뻘건 불꽃과 함께 몇 가닥의 그림자들이 보였다. 그리고 투박한 발걸음들도 그들의 귓속으로 들려왔다. 점점 그들의 무리가 마구간 근처로 몰려왔다.

"전하, 누군가 이쪽으로 오는 소리가 들려옵니다. 빨리 몸을 피하셔야 하옵니다."

얼굴이 빨개진 화선이가 왕에게 아뢰었다.

"괜찮소. 그들이 우리를 감히 어쩌겠소. 나는 이 나라의 왕이오. 그리고 내게는 무술의 절대 고수인 무비가 있소. 그는 누구에게도 패하지 않은 천하제일의 검객이오. 걱정하지 마시오."

무려왕은 심드렁한 표정을 지으면서 대수롭지 않게 여겼다.

"전하, 아니 되옵니다. 이대로 우리가 발각된다면 큰일이 날 것이옵니다."
"내가 나가 볼 터이니 그대는 걱정하지 말고 여기 있으시오."

무려왕은 옷을 주섬주섬 주워 입고 마구간 밖으로 나갔다. 화선은 걱정으로 온몸을 벌벌 떨었다. 밖에서 실랑이를 벌이는 소리가 화선의 귀에 들렸다.

"아무 일도 아니니 가던 길들 가시게."

마치 붉은 불꽃이 검은 숯에서 조금 피어나고 있는 모습의 무려왕은 덤덤한 목소리로 타이르듯 말했다.

"아무래도 체포해야 할 듯싶습니다. 야밤에 수상하옵니다."

다른 병사가 말했다.

"허허, 아무 일도 아니래도. 빨리 가지 못하겠는가? 내가 누군 줄 알고 이러는 것인가?"

약간 얼굴이 붉어지면서 무려왕이 꾸짖듯이 말했다.

"하하, 자네는 하인이 아닌가? 주인이 주는 밥을 먹어야 하는…. 마구간 안을 조사해보게."

첫 번째 병사가 두 번째 병사에게 명령했다.

"예."

두 번째 병사가 마구간으로 발걸음을 옮겼다. 일촉즉발의 상황이었다. 만약에 그 병사가 마구간에 있는 화선이를 발견한다면 당황스러운 일인 것이었다. 무려왕은 두 손을 벌리면서 그 병사의 앞을 막았다.

"여긴 들어갈 수 없네."
"왜 들어갈 수 없다는 것이냐. 뭐 숨겨놓은 보물이라도 있는 것이냐."

그 병사는 히죽거렸다. 그리고 무려왕을 한 손으로 치면서 들어가려고 했다.

"이놈, 내가 이 나라의 왕임을 모르겠느냐?"

위엄 있는 목소리였다.

"이놈이 실성했구나. 네가 이 나라의 왕이면 난 중국의 황제다."

한 병사가 놀리는 듯한 목소리로 말했다.

"안 된다고 했지 않았느냐?"

이렇게 말하면서 무려왕은 오른손으로 그 병사의 뺨을 한 대 갈겼다.

"이놈이 실성했나."

뺨을 난데없이 맞은 병사는 칼로 무려왕을 위협했다. 무려왕이 뒤로 잠시 물러난 틈을 타 다른 병사가 마구간으로 들어가서 화선이를 발견하며 소리쳤다.

"이곳에 하인 남자 놈이 한 명 더 있네. 이것은 해괴망측한 일이네. 간밤에 남색 하는 자들이네. 아무래도 둘 다 포박해야겠네. 수상한 자들이네."

그때 단숨에 무려왕이 맨손으로 첫 번째 병사의 얼굴을 때리고 발로 정강이를 찼다. 가격을 당한 병사가 신음을 내며 쓰러졌다. 그때 뒤에서 다른 병사가 검으로 무려왕의 등을 가격했다.

"윽."

무려왕이 칼에 찔려서 쓰러졌다.

"전하."

소리를 지르면서 화선이가 무려왕 근처로 쏜살같이 달려왔다.

"저놈도 포박하라."

둘은 화선이를 잡고 줄로 묶었다.

화선이는 갑자기 눈앞이 캄캄해지며 혼미해지면서 소리쳤다.

"이분은 이 나라의 왕이신 무려왕이시다. 물러들 섰거라."
"저 잡놈이 무어라고 떠벌리는 것이냐."

첫 번째 병사가 심드렁하게 굴었다.

"모습은 사내의 모습이나 목소리는 여인의 음성인데?"

두 번째 병사가 의심의 눈초리를 보내면서 말했다.

"여인일 리는 없지 않은가?"
"아니야. 얼굴도 곱상한 것이 여인 같구먼."
"우리가 한번 확인해볼까?"
"쓸데없는 소리 말고 끌고 가자고. 칼에 찔린 저놈은 이미 죽은 거 같구먼."

무려왕은 등을 칼에 찔렸지만, 너무 출혈이 심해서 심각한 상황이었다.

두 병사는 화선과 무려왕을 끌고 관가로 갔다.

무려왕은 관가에 도착하기도 전에 승하하고 말았다. 화선은 왕의 죽음에 절규하고 절규했다. 관가에는 무려왕의 시체와 화선이를 끌고 두 병사가 나타났다.

"나리, 수상한 두 사내놈이 마구간에서 수상한 짓을 하고 있어서 끌고 왔습니다. 한 사내는 죽은 것 같습니다."

첫 번째 병사가 자기가 한 일이 자랑스럽다는 듯이 관가의 사또에게 고했다.

"그래? 둘이 수상한 짓을 하다가 걸렸다고? 무슨 수상한 일인고?"
"아무래도 간밤에 남색을 한 듯하옵니다. 분위기가 심상치 않았습니다."
"설마 이 나라에서 그런 일이 있을 수가 있겠는고?"

사또는 의심의 눈길을 보냈다.

"아닙니다. 살아 있는 이놈의 옷이 풀어져 있었습니다."

다른 병사도 말을 거들었다.

"저놈을 당장 하옥시키고 내일 날이 밝는 대로 고문을 하도록 하라. 그리고 시체는 잘 치우도록 하라."

사또가 위엄 있는 목소리로 말했다.

"예. 알겠사옵니다."

다음 날 운명의 아침 해가 떠올랐다. 운명의 해도 이 비극적인 사실을 감추고 싶었는지 그날따라 해는 느릿느릿하게 떠올랐다. 마치 천년인 것 같은 긴 밤을 뜬눈으로 보낸 화선의 몸은 부들부들 떨렸다. 앞으로의 자신의 운명은 생각만 해도 아찔했다.

두 명의 병사가 아침에 갑자기 나타나더니 화선이를 끌고 가서 고문했다.

"이 더러운 놈아! 어젯밤 어떻게 된 일인지 사또 앞에서 이실직고할지어다."
"그분은 이 나라의 왕이신 무려왕이시라고 몇 번 이야기했느냐? 그분의 시신은 귀한 몸이시니 빨리 시체를 찾도록 하라. 그리고 시신을 찾아서 그분의 용안을 확인해보도록 해라."

화선의 눈에는 눈물을 이미 주체할 수가 없었다.

"닥치거라. 이놈이 아직도 정신을 못 차렸구나. 저놈의 주리를 더 틀라."

사또는 마치 미친 사람처럼 이렇게 명령했다.
그때 궁에서 왕을 찾는 사람들이 몰려왔다.

"멈추어라."

왕의 전령인 사람이 말에서 내려서 사또 앞으로 왔다.

"누구십니까?"

사또는 그가 보통의 인물이 아님을 단숨에 알아챘다.

"나는 이 나라의 왕을 모시는 사람으로 왕의 전령이다. 어젯밤 왕께서 궁에서 사라지셨다. 이곳에서 왕과 같이 생긴 분이 있다는 소식을 듣고 급히 달려왔다. 왕께서는 어디 계신고? 만약 왕을 숨긴다면 삼대의 멸함을 피하지 못하리라."

"왕이 여기에 있다고요? 천부당만부당하신 말씀이십니다. 저는 왕을 숨긴 적이 없사옵니다."

사또는 겁에 질려 부들부들 치아를 떨었다.

"왕은 승하하셨습니다."

갑자기 화선이가 그들의 말에 끼어들었다.

"무엇이라? 왕께서 승하하셨다고? 어찌 그런 일이…. 너는 누군고?"

왕의 전령의 얼굴이 순간 새빨개졌다.

"저는 왕을 모시던 궁녀 화선이옵니다. 어젯밤에 왕과 소녀는 함께 있었사옵니다."
"뭣이라? 이놈이 실성했구나. 네가 어찌 궁녀란 말이냐. 너는 사내놈이 아니더냐."

당황한 표정의 사또가 큰소리로 외쳤다.

"화선이라…. 그 이름은 궁에서 익히 들어보았다. 얼굴을 좀 봐야겠다."

왕의 전령이 화선의 앞으로 다가갔다. 화선의 얼굴을 본 왕의 전령의 몸은 마치 물이 급속하게 얼음이 된 듯이 굳어졌다.

"이럴 수가…. 너는 화선이 아니냐. 그럼 왕께서 승하하셨다는 말이 사실이란 말이냐? 어떻게 된 일인지 속히 말하거라."
"저자가 칼로 왕의 등을 찔렀사옵니다."

화선이가 오른손의 검지를 쳐들면서 한 병사를 가리켰다.

"저는 그분이 왕인 줄 몰랐습니다. 죽을죄를 지었습니다."

그 병사는 몸을 땅바닥에 숙이면서 벌벌 떨었다.

"왕의 시신을 어디에 두었느냐?"

왕의 전령의 목소리는 날카롭지만 떨렸다.

"묻으려고 일단은 창고에 두었습니다. 그쪽으로 모시고 갈까요?"

"서두르거라. 이 일은 아무에게도 말해서는 안 된다. 그리고 이놈을 얼른 포박하거라. 화선이도 데리고 속히 궁으로 들어가도록 하자."

왕의 전령은 군사들에게 속히 명령을 내렸다. 왕의 시신과 화선이와 병사를 데리고 왕의 전령과 군사들은 궁으로 들어가게 되고 이 일은 신 씨 왕비의 귀에 들어갔다.

"무엇이라. 어찌 그런 일이…. 그것이 정말이란 말이냐?"

놀란 토끼 눈이 된 신 씨가 펄쩍펄쩍 뛰면서 김 상궁에게 호통을 치듯이 물었다.

"송구하오나 그러하옵니다. 화선이 그년이 기어코 일을 치르고 말았사옵니다."

고개를 땅바닥에 닿을 정도로 숙이면서 김 상궁이 말했다.

"화선이 고것을 그냥 두지 않을 것이다. 당장 그년을 포박해서 하옥시키라."

화가 머리끝까지 오른 신 씨 왕비가 명령했다.

"알겠사옵니다."

김 상궁은 신 씨 왕비의 노여움을 조금이나마 풀어드리기 위해서 이렇게 말하며 몸을 급히 움직였다.

화선의 운명은 그야말로 풍전등화의 상황이었다. 이제 그녀의 운명은 왕과 함께 저승길로 갈 수밖에 없는 그러한 상황이었다. 물론 왕을 죽인 그 병사도 같은 운명이었다. 그 둘은 중형을 피할 수 없는 상황인 것이었다. 끌려온 화선과 그 병사는 심한 고문을 당하고 하옥당했다.

그날 밤 화선의 눈에는 그리운 무려왕의 모습이 떠오르면서 눈물이 눈을 가리다 못해 땅으로 뚝뚝 떨어졌다. 이렇게 하다간 옥의 방이 모두 강물처럼 되고 바다처럼 되어서 그 지역을 모두 침수시킬 기세였다.
화선의 마음 안에서는 불과 같이 뜨거운 것이 타올랐다. 마치 그 불은 화산과 같아서 이미 화선의 마음을 다 태우고도 남았다. 화선의 눈에서 나오는 물과 마음에서 이는 불이 억제할 수 없을 만큼 터져 나오는 그야말로 무엇이라고 형용할 수 없는 일이 벌어졌다.
화선의 머릿속에서는 정신의 독화살이 머리를 그야말로 초토화하

듯이 엄청나게 발사되었다. 왕과의 추문도 추문이지만 왕을 죽음까지 이르게 한 죄를 화선은 도저히 감당할 수가 없었다.

다음 날 화선이 옥에 갇혀 있는 동안에 무려왕의 장례는 아주 성대하게 치러졌다. 무려왕은 왕의 위엄이 있는 만큼 수많은 신하와 백성들이 그의 시신을 메고 엄청나게 따랐다. 이날 신라의 날씨는 하늘부터 땅까지 모두가 슬퍼하듯이 하늘에서 구멍이 열려서 비가 세차게 내렸다.

상을 치르고 왕의 무덤이 조성되는 동안 신라에서는 왕의 무덤 안에 누구를 넣을 것인지에 대해서 대신들 간에 논의가 이루어졌다.

"어떻게 하는 게 좋겠소?"

신라의 최고 벼슬인 이벌찬이 이찬에게 물었다.

"아무래도 궁녀 몇 명과 말·개·수레·무기·장신구·청동기·도자기 등을 함께 매장하는 것이 좋을 것 같습니다."

이찬이 자신의 의견을 말했다.

"다른 것은 가능하지만 궁녀가 가능하겠소? 아무리 살인 순장이 있다고 하지만 지금은 자사 순장이면 몰라도 살인 순장은 좀 힘들지 않겠소?"

이벌찬이 심각해졌다.

"자사 순장이면 스스로 순장되겠다고 하는 것인데 아무리 왕을 사랑한다고 해도 어느 궁녀가 자기 목숨을 그냥 버리려고 하겠습니까? 그냥 선발하는 수밖에는 없습니다. 이것은 강제성이 없으면 이루어질 수 없는 일입니다."

이찬의 목소리에는 마치 칼이 담겨 있있다.

"그럼 몇 명으로 하면 좋겠소?"

하는 수 없다는 모습의 이벌찬이 물었다.

"5명은 되어야 할 것입니다. 그 수는 최소한입니다."
"부모의 마음을 생각해서 3명으로 합시다."

이벌찬이 감히 거역할 수 없는 권위 있는 목소리로 말했다.

"이벌찬께서 그렇게 말씀하시니 그렇게 하도록 하겠습니다."
"그럼 이찬에게 모든 일을 맡기도록 하겠소."
"알겠습니다."

다음 날 이찬은 궁녀 20명을 모으고 그중에 순장에 참여할 3명을 뽑으려고 했다.

"다들 모였느냐."
"예."

궁녀들이 다소곳이 고개를 숙였다.

"오늘 이렇게 너희들을 오라고 한 이유는 아는 사람도 있고 모르는 사람도 있을 것이다. 오늘 내가 하는 말은 꼭 슬픈 것만은 아니고 영광스러운 일이 될 수도 있다는 것을 알려주고 싶다. 오늘 왕의 순장에 참여할 궁녀를 너희 중에서 3명 뽑도록 하겠다. 이것은 역사적으로 남는 영광스러운 일이 될 것이니 결코 뽑혔다고 해서 슬퍼하거나 두려워해서는 안 될 것이다. 오히려 뽑힌 궁녀들은 이 숙명적인 일을 하늘에 감사해야 할 것이다. 알겠느냐!"

이찬은 엄한 목소리로 추궁하듯이 궁녀들에게 말했다.

"알겠습니다."

궁녀들은 그렇게 말하면서도 얼굴은 사색이 되었다. 그리고 작은 소리로 자기들끼리 수군거렸다.

약간의 시간이 지나고 궁녀들의 얼굴과 몸을 살펴보고 이름을 물은 이찬은 결과를 발표했다.

"이제 이 영광스러운 순장의 길을 가게 된 궁녀 삼 인을 발표하겠다. 뽑힌 삼 인은 사흘 동안 목욕재계한 후에 왕과 함께 순장의 길을 가게 될 것이다. 다시 한번 말하지만, 이 일을 가문의 영광으로 여기도록 하라. 그대 삼 인의 이름은 영원히 자손 대대로 전해지게 될 것이다. 결코, 슬퍼할 일이 아니다. 그럼 발표하겠다. 이월, 오경, 연화 삼 인은 앞으로 나오도록 하라."

이월과 오경은 얼굴빛이 변한 채로 앞으로 나왔고 연화는 대체로 담담하게 앞으로 나왔다.

"네가 이월이냐?"

이찬은 아래위로 살펴보며 물었다.

"그러하옵니다."
"올해 몇이더냐?"
"18살이옵니다."
"그래, 꽃다운 나이로다."
"네가 오경이냐?"

이찬은 오경을 물끄러미 바라보며 물었다.

"그러하옵니다."
"눈이 큰 것이 무척이나 아름답구나."
"네가 연화인고?"

이찬이 마지막으로 물었다.

"그러하옵니다."

"천하의 미모를 지녔구나. 너무 섭섭해하지 말아라. 모든 것이 운명이니라."

자, 뽑히지 못한 궁녀들은 이제 자신의 처소로 다시 돌아가도록 하고 뽑힌 삼 인은 바로 목욕재계와 꽃단장으로 몸을 치장하도록 하라. 삼 일이면 시간이 그리 길지가 않노라.

처소로 모인 세 궁녀는 초상집 분위기가 되었다. 이월은 울고불고 난리가 났고 오경은 가슴을 치면서 답답해했다. 침착한 사람은 연화뿐이었다. 아무래도 연화는 무슨 꿍꿍이가 있는 듯했다.

"연화 너는 슬프지도 않니? 어찌 그리 담담하니."

이월이 울먹이면서 물었다.

"이미 엎질러진 물이니 슬퍼한다고 달라질 것 없어. 대책을 세워야지. 살려면…."

연화는 상당히 침착한 모습이었다.

"무슨 대책? 무슨 묘책이라도 있는 거니?"

옆에 있던 오경이가 가느다란 손가락으로 연화의 옆구리를 쿡쿡 찌르며 물었다.

"그냥 생각 중이야."

연하는 이렇게 말하면서도 이미 궁을 탈출할 계획을 세우고 있었다. 단지 혼자 조용히 탈출하기 위해서 입을 꾹 다물고 있는 것뿐이었다. 셋이서 움직이다간 반드시 잡힐 것이 분명했기 때문이었다.

달빛이 검은 땅을 점차로 삼키고 있는 즈음에 연화는 슬그머니 방에서 일어났다. 아무도 모르게 이 궁에서 오늘 밤 영원히 사라질 생각을 하고 있었다. 연화는 천천히 몸을 움직여서 방을 나섰다. 그리고 궁의 문으로 다가가서 병사가 없는지 이리저리 살펴보았다. 마침 병사가 어디로 갔는지 문은 약간 열려 있었고 아무도 없었다. 연화는 하늘이 도운다고 생각하고 궁의 문으로 마치 뱀이 미끄러지듯이 빨려들어 도망쳤다.

궁 밖으로 도망가려면 궁의 수많은 문을 통과해야 했다. 그만큼 궁의 문은 복잡하고도 많았다. 마지막 관문의 문만을 남겨놓고 있었다.

"저 문을 통과하면 이제 이 궁과는 영원히 이별할 수가 있겠구나. 그리고 순장의 길을 안 가도 되겠구나. 꽃다운 이 나이에 아무리 왕이라고 해도 함께 산 채로 매장될 수는 없다. 차라리 산속에 숨어 살거나 절에 들어가서 비구니가 되는 것이 좋을 것이다. 절대로 이대로 죽을 수는 없다."

연화는 혼자서 마치 소가 되새김질하듯이 이런 말들을 속으로 곱씹고 곱씹었다. 그리고 주위를 살피면서 마지막 관문의 문을 통과하려고 했다. 그때 어디선가 큰 목소리가 들려왔다.

"웬 년이냐?"
"저는…. 그러니까…."

연화는 당황해서 얼굴이 홍당무가 되었다.

"웬 년이 이 문을 그냥 통과하려고 하느냐? 너는 필시 이 궁의 궁녀렸다."

무시무시한 눈을 가진 험상궂게 생기고 약간 뚱뚱한 병사가 창을 연화에게 겨누면서 이렇게 물었다.

"그것이 아니라…."

연화가 말을 머뭇거렸다.

"아니긴 뭐가 아니란 말이냐. 너는 입고 있는 옷도 그렇고 이 궁의 궁녀가 맞느니라. 궁녀는 궁의 소유이자 왕의 소유이거늘 이렇게 도 망가려고 한다는 것은 참형을 면하지 못한다는 것을 모르느냐? 이리 로 오라. 나와 함께 들어가서 혼을 좀 나봐야 할 것이다."

"나리, 잘못했습니다. 한 번만 봐주시면 안 되겠습니까? 사정이 있 어서 그렇습니다."

겁을 먹은 연화가 병사에게 사정했다.

"닥치거라. 큰 죄를 지었으면 죄에 대한 대가를 당연히 받아야 한다."

이렇게 말한 뚱뚱한 병사는 연화를 포승줄로 묶고 궁 안으로 끌고 들어갔다.

연화가 탈출하려다가 붙잡혔다는 소식은 바로 이찬의 귀에 들어갔다.

"뭣이라? 네 이년을 그냥 둘 수가 없다. 당장 그년을 하옥시키도록 하라. 내일 내가 직접 그 죄를 물을 것이다."

연화는 바로 하옥되는 신세가 되었다. 마치 한 마리의 날개 꺾이고 비를 흠뻑 맞은 새 신세가 된 것이었다. 연화는 비참한 신세가 되어서 옥에 갇혀 엎드려서 통곡하며 울고 있었다.

바로 그때 불쌍한 연화에게 말을 거는 가느다랗고 맑은 여성 목소리가 있었다.

"왜 그리 슬피 우시나요?"

"누구시죠?"

연화가 의아하게 생각하면서 오른손으로 눈물을 닦으며 물었다.

"저는 화선이라고 합니다. 무슨 일이길래 이곳에 오셨고 그리 슬퍼하시나요?"

화선의 얼굴에는 비장함이 서려 있었다.

화선을 우연히 옥에서 만나게 된 연화는 그동안에 있었던 일을 소상하게 화선에게 말했다. 가만히 듣고 있던 화선은 연화에게 놀라운 말을 했다.

"지금부터 제가 하는 말을 잘 들으셔야 합니다. 그리고 이 말은 제 진심이니 진심으로 받아주셨으면 합니다. 제가 지금부터 하는 말에 조금이라도 거짓이 있으면 이 자리에서 저는 자결할 것입니다. 저는 무려왕과 사랑하는 사이인 화선이라고 합니다. 무려왕과 제가 사랑한 죄로 이렇게 왕이 돌아가시게 되었습니다. 그러니 이 큰 죄를 제가 무엇으로 갚을 수가 있겠습니까? 저의 죄를 씻을 방법은 왕과 제가 영원히 함께하는 것입니다. 그러니 연화 님의 자리에 제가 들어갈 수 있도록 허락해주세요."

화선의 목소리에는 진실함이 어려 있었다.

"아니, 어찌 그런 일이 있었단 말입니까? 그래도 제 자리에 들어가신다는 것은 죽음을 의미하는데 그것이 어찌 가당하단 말씀입니까? 아니 되십니다."

연화는 사색이 된 표정으로 만류했다.

"아닙니다. 이것은 하늘이 제게 내리신 기회이자 징조입니다. 연화 님이 이렇게 같은 옥에 갇히신 것도 바로 이때를 위함일 것입니다. 저는 어차피 죽은 목숨입니다. 왕을 죽인 죄로 살아나지 못할 것입니다. 그러니 죽은 사람 소원도 들어주는데 산 사람 소원 한 번 들어주신다고 생각하시고 제 소원을 들어주소서."

화선은 간절한 눈빛을 한 채 애원하듯이 말했다.

"그럼 제가 어찌해야 도울 수가 있단 말이신지요?"

"간단합니다. 내일 아침에 옷을 서로 갈아입고 역할을 바꾸는 것입니다. 제가 연화 님이 되고 연화 님은 제가 되는 것입니다. 어차피 많은 사람은 저희의 얼굴을 잘 모릅니다. 저희 얼굴을 많이 보지 못했기에 우리가 연기를 잘하면 몰라볼 것입니다. 저에게 부디 기회를 주소서."

연화의 눈에는 금방이라도 눈물이 고일 듯했다.

"하지만 다른 사람은 몰라도 이찬은 저를 알아볼지 모릅니다. 저는 발각될까 봐 두렵습니다. 그렇게 되면 이중으로 죄를 지어서 우리 둘 다 살아남지 못하게 될 것입니다."

연화는 두려운 마음이 들었다.

"너무 걱정하지 마세요. 이찬도 우리 둘을 잘 알아보지 못할 것입니다. 이찬은 저의 얼굴을 모르고 연화 님도 선발로 딱 한 번 본 것이니 알아본다는 것은 불가능할 것입니다. 그냥 모습과 옷의 색깔과 모양만을 기억할 것입니다. 모든 것을 하늘에 맡기고 그렇게 해보도록 해요. 저는 무려왕과 영원히 함께 가게 되고 연화 님은 고문은 받겠지만 목숨만은 부지하게 될 것입니다. 저들이 연화 님을 죽이지는 못할 것입니다. 왜냐하면, 왕을 직접 죽인 것은 제가 아니라 한 병사이기 때문입니다. 그러니 서로에게 좋은 일이 될 수도 있습니다."

"하지만 소중한 목숨을 그렇게 버리려고 하는 진짜 이유가 무엇인가요?"

궁금증으로 가득 찬 연화가 화선에게 물었다.

"그를 제 목숨보다 사랑합니다. 어차피 그가 없는 날들은 저에게 더 의미가 없을 거 같네요."

화선은 진심으로 무려왕을 사랑했다.

"세상에 이런 사랑도 있다는 것이 놀랍네요. 남녀 간에 사랑이 이렇게 깊을 수가 있군요."

놀란 연화는 화선에게 이렇게 말할 수밖에 없었다. 화선은 침묵으로 그저 일관할 뿐이었다. 둘은 침묵 속에서 암묵적으로 그렇게 하기로 이미 약속했다. 둘은 이미 옷을 벗어 서로에게 입혀주었다. 머리 모양도 바꾸었다. 그렇게 속절없이 깊은 밤은 흘렀다.

밝은 해가 마치 그날의 슬픔을 삼키려고 덤벼들듯이 마구 빛을 온 사방에 쏟아내며 온도를 상승시키고 있었다. 바람은 적당히 불면서도 사람의 심금을 울리듯이 슬쩍슬쩍 먼지를 섞어서 불어대고 있었다. 그런 바람을 맞으며 나타난 여인이 있었으니 그 여인은 연화를 가장한 화선이었다. 완벽히 연화로 분장하고 옷매무시하고 연화로 빙의가 된 표정의 화선은 당당히 이찬 앞으로 나아갔다.

"저년의 무릎을 내 앞에서 꿇리거라. 네 이년, 네년의 죄를 네가 알겠다."

역시 이찬은 화선을 알아보지 못했다. 이찬은 화선을 연화처럼 대하고 있었다.

"소녀의 죄를 용서하여주옵소서. 죽을죄를 지었습니다. 하지만 나리께서 저에게 은혜를 베푸셔서 다시 한번 순장의 길을 갈 수 있게 해주소서. 저의 마음이 바뀌었나이다. 간절히 소원하나이다."

화선은 최대한 간절하면서도 낮은 목소리로 이렇게 말했다. 혹시 이찬이 자신의 목소리를 의심하면 안 되기 때문이었다.

"네 이년, 이러고도 신성한 순장의 길을 네가 그냥 갈 수 있을 줄 아느냐? 순장의 길은 신성한 길이다. 왕과 영원히 동침하게 될 수 있고 역사에 이름을 남길 수 있고 자손 대대의 칭송을 받을 일이다. 그런데 네년은 그 길을 피하려고 도망치려 했다. 그런데 이제 와서 무슨 개소리를 한단 말이냐."

이찬은 화가 머리끝까지 나서 막말을 했다.

"이찬 어른, 저를 불쌍히 여기시고 한 번만 기회를 주옵소서. 만약에 기회를 주신다면 순장의 신성함에 대해 시조를 지어 그 정당성을 만인에게 공포하겠나이다."
"무엇이? 순장에 대한 시조를 말이냐?"

그 말에 혹한 이찬이 이렇게 되물었다.

"그러하옵니다. 그러니 제게 부디 한 번만 기회를 주옵소서."

이렇게 말하는 화선의 목소리는 떨리면서 간절했다.

"네가 그렇게까지 말하고 시조까지 짓겠다고 하니 그러면 특별히 한 번의 기회를 더 주도록 하겠다. 절대로 순장 일이 남은 이틀 동안에는 방에서 나와서는 안 된다. 그리고 그 기간 역사에 남길 만한 시조를 만들도록 하여라. 알겠느냐?"

이찬은 엄한 목소리로 명했다.

"이 은혜는 죽어서 백골이 된다고 해도 잊지 않겠나이다. 반드시 훌륭한 시조를 지어서 실망하게 해드리지 않겠나이다."

이렇게 말하고 화선은 계획대로 무사히 방으로 돌아왔다. 문초도 당하지 않고 행운이었다. 하지만 시조를 짓겠다는 약속을 한 것이 마음에 걸렸다. 자신이 문인도 아닌데 이틀 동안에 훌륭한 시조를 짓는다는 것은 불가능한 일인 것 같았다. 설사 문인이라도 해도 힘든 일인데

한 번도 글을 써본 일이 없는 자신이 가능할 것 같지 않았다. 화선은 머리를 싸매고 힘들어했다.

한편 같은 방에 있던 이월이와 오경은 화선이가 연화가 아님을 금방 알아차리고 물었다.

"아니 누구신지요? 연화 님이 아닌 듯싶소?"

이월이가 궁금해서 참을 수 없었는지 이렇게 물었다.

"저는 화선이라고 합니다. 연화 님을 가장해서 이곳으로 왔습니다. 연화 님이 궁 밖으로 나가다 잡히셔서 제가 있던 옥에 갇혔는데 제가 연화 님 대신 순장의 길로 가기로 한 것입니다. 이 일을 절대로 아무에게도 발설하지 말아주세요. 부탁드립니다."

"어찌 그런 일이 있을 수 있단 말입니까? 이찬 나리가 못 알아보시던가요?"

오경이도 궁금해서 물었다.

"다행히 알아보지 못했습니다. 이제 드디어 왕과 함께 순장의 길을 가게 되어서 기쁘답니다."

얼굴에 화색이 돌기 시작한 화선이 이렇게 대답했다.

"무엇이 기쁘단 말입니까? 처녀의 몸으로 시집을 못 간 것도 억울하고 왕의 총애 한 번 못 받은 것도 억울하고 무엇보다 젊은 나이에 죽을 생각을 하니 사실 눈앞이 컴컴하답니다."

이월의 눈에는 이미 눈물이 고여 있었다.

"이해합니다. 그럴 것입니다. 그런데 이름이 어찌 되시나요?"

마음을 이미 순장으로 굳게 굳힌 화선이 물었다.

"이월이라고 합니다. 저쪽은 오경이랍니다."
"저는 죽기 전에 아버님, 어머님의 얼굴이라도 한 번 보았으면 좋겠습니다. 궁에 온 지 3년 동안에 한 번도 궁 밖에 나간 적이 없었기 때문입니다. 이렇게 일찍 죽을 줄 알았으면 절대로 궁녀가 되지 않았을 것입니다. 이것도 슬픈 운명일까요?"

오경이가 슬픈 눈을 하면서 화선에게 물었다.

"운명이라면 운명일 것입니다. 저는 사실 무려왕의 총애를 받은 화선이라는 궁녀입니다. 사실 무려왕은 간접적으로는 저 때문에 돌아가신 것입니다. 저랑 사랑을 나누신 그날 한 병사에게 발각이 되어서 등을 칼에 찔려 돌아가셨으니까요. 따지고 보면 제가 죄인 중의 죄인입니다. 그 죗값을 이렇게라도 치르고 싶은 것입니다."

화선의 말에는 의미심장함이 새겨져 있었다.

"하지만 그러지 않으셔도 되셨잖아요?"

이월이가 눈치 없이 물었다.

"물론 그러지 않아도 될지 모르지요. 하지만 저는 그렇게 할 수가 없었어요. 꼭 연화 님을 살려주기 위해서 그렇게 한 것은 아니에요. 저의 마음이 그렇게 시킨 것이니까요. 저도 그 이유는 잘 모르겠어요."

화선이는 비장한 모습이었다.

"그렇게 왕을 사랑하시나요? 아니면 왕의 총애를 많이 받으셨나요? 혹시 가족들에게 많은 쌀과 금과 은과 재물이 갔나요? 솔직히 저로서는 이해가 잘 안 돼요. 세상에 이런 일이 있을 수가 있을까요? 한 번뿐인 목숨을 아무리 궁녀라 해도 스스로 버리려고 하다니요. 저희야 어쩔 수 없이 강제로 여기에 뽑혀 있는 처지지만요."

오경이가 머리를 절레절레 흔들었다.

"세상을 살다 보면 인간의 머리로 이해할 수 없는 일도 많은 법입니다. 이 일도 그런 일 중에 하나라고 생각해요. 다른 사람들이 보면 대단한 일일 수도 있지만, 저에게 그리 큰일이 아니랍니다. 너무 심각하게 생각하지 마세요."

화선이는 초연해 보였다.

그날 밤부터 화선이는 시조를 어떻게 지을 것인가에만 골몰했다. 어차피 죽음은 정해진 것이었다. 두 명의 동무가 있다고 생각하니 오히려 마음이 편해졌다. 외롭지 않을 것만 같았다. 자신이야 왕을 사랑하는 마음으로 그러는 것이지만 두 명의 궁녀가 가여워지기도 했다.
하지만 모든 것은 하늘의 운명이라고 여겼다. 화선이가 생각하기에 시조는 간결하고 명확하면서도 사람들의 마음에 감동을 줄 수 있어야 했다. 그런데 어떻게 지어야 할지 도무지 시구가 떠오르지를 않았다.

드디어 왕의 순장 날이 밝았다. 해는 눈을 크게 뜨고 모든 만물을 째려보고 있는 듯했다. 버드나무 가지가 바람에 살짝 흔들리면서 화선이가 왕과 영원히 함께하는 것을 배웅해주는 듯했다. 파란 하늘은 손을 내밀어서 마치 하얀 주먹밥을 만들듯이 구름을 만지고 있었다.

왕을 능에 모시기 위한 행렬이 움직이고 그 뒤로 수많은 신하와 백성들이 뒤따르고 있었다. 물론 신 씨 왕비와 김 상궁도 앞에 서서 대오를 이루었다. 그 뒤로는 순장에 참여할 화선과 이월과 오경이 뒤따랐다.

화선의 얼굴에는 기쁨의 미소가 서려 있었고 이월과 오경은 마치 벌레를 씹은 듯한 표정을 했다. 화선은 슬프기도 했지만, 왕과 함께 영원히 있을 수 있는 것이 마치 소원 성취 같았다.

왕을 능에 모시기 위한 모든 예식과 절차가 끝나고 이제 순장에 참여할 세 여인이 왕의 능으로 산 채로 걸어 들어가기만 하면 되었다.

세 여인이 능으로 병사들과 함께 들어가려고 할 때 이찬이 힘차게 소리쳤다.

"잠시 멈추어라. 세 궁녀 중 연화의 시조를 들어보고 이들을 왕께로 인도하도록 하겠다. 연화가 시조를 지어서 왕께 올리기로 나와 약조한 것이 있다. 연화는 앞으로 나와서 만인 앞에서 지은 시조를 낭독하도록 하라.”

아직도 화선을 연화로 아는 이찬이 이렇게 명했다.

“예, 이찬 나리. 지금부터 제가 읊는 시조는 짧은 시간에 지었기에 부족할 수가 있습니다. 이 점을 너그럽게 생각해주시고 저의 왕에 대한 마음으로 생각해주시기 바랍니다. 그럼 지금부터 지은 시조를 한번 읊어보겠습니다.

왕과 함께한 날을 생각할 때 어제와 같고 하나의 꿈만 같습니다.
왕과 지낸 날을 생각할 때 마치 한 마리 학이 되어 구름 위를 난 것만 같습니다.
앞으로 왕과 영원히 함께할 생각을 할 때 지금 죽는 것이 한이 아닌 기쁨이 됩니다.
무려왕이여! 죽어서도 백성과 종묘사직과 이 나라를 영원히 지켜주소서.”

이렇게 시조를 읊은 화선의 눈에서는 하염없는 눈물이 주르륵 내렸고 군중들은 웅성거렸다. 어떤 사람들은 감동하였고 어떤 사람들은 의심했다. 저 궁녀가 연화가 아니라고 의심하는 사람들도 있었다. 이런 웅성거림 속에서 이찬이 소리쳤다.

"참으로 감동적인 왕에 대한 찬사요, 연가와 같은 시조였도다. 궁녀로서 왕에 대해 동경과 사랑에 대한 표현의 극치였노라. 모든 궁녀는 왕에 대해 이런 마음을 가져야 할 것이다. 그럼 이제부터 능으로 세 궁녀는 스스로 걸어 들어가도록 하라. 이것은 절대로 강제로 하는 것이 아니라 왕에 대한 사랑과 존경의 표시로 이렇게 하는 것이니만큼 스스로 걸어 들어가는 것이다. 세 궁녀의 행위는 자손 대대로 내려갈 자랑스러운 이야기이자 역사가 될 것이다."

이찬의 명령이 떨어지자 세 궁녀는 능으로 스스로 걸어 들어갔다. 화선은 당당하게 들어가고 두 궁녀는 차마 발이 떨어지지 않는 듯이 천천히 들어갔다. 햇빛의 광선은 화선의 불가사의 적인 행위를 역사의 점으로 강렬히 남기려는 듯이 화선의 몸을 강렬히 비추고 있었다.

두 번째 환상 이야기
– 무엇이든지 그리는 대로 되는 화가의 비밀

"비너스의 얼굴 윤곽을 그린 후 눈부터 그렸다.
눈 양쪽을 다 그린 로버트는 이상한 느낌을 받았다.
비너스의 눈이 깜박거리는 것을 본 것만 같았다."

"첫 번째 분의 이야기는 잘 들었습니다. 참으로 처절하고도 슬프고도 아름다운 사랑의 이야기군요. 그렇지만 저의 이야기는 그 이야기를 능가하는 이야기가 될 것입니다. 한번 들어보세요. 미국 뉴욕에서 있었던 일입니다."

두 번째 사람이 이야기를 시작했다.

"오늘은 아침부터 배가 고프군."

로버트는 평소 안 먹던 아침밥을 찾았다.
그리고 베이글에 버터를 바르고 우유와 함께 간단한 식사를 마쳤다.

"그럼 오늘은 어떤 그림을 그릴까? 영감이 잘 떠오르지 않네. 언제 나에게 기가 막힌 그림의 영감이 떠오를까? 내가 레오나르도 다빈치의 발끝이라도 따라갈 수 있는 화가가 될 수 있을까? 아니 그냥 무명

화가에서 벗어나기라도 한다면 얼마나 좋을까?"

로버트는 이런 생각을 마음속으로 떠올렸다. 그러면서 붓으로 그림을 여기저기 터치하다가 잘 안 되는지 두 손으로 머리를 부여잡았다. 그리고 다시 침대로 돌아가서 벌렁 누워버렸다.

"오늘도 역시 그림이 잘되지를 않는군. 이렇게 가다간 생계에도 분명히 지장이 많겠어. 그림을 그려서 그 그림을 팔아서 생계라도 유지해야 할 텐데 큰일이군. 삶은 역시 고통의 연속이구먼. 내가 뉴욕의 한 방에 처박혀서 이렇게 지내고 있는지 누가 알아줄까? 친구들과 연락이 끊긴 지도 오래됐고 가족들도 몇 달에 한 번 정도 보는 정도이니 나라는 사람은 정말로 외로운 사람이군. 내가 아무것도 못 먹어서 아사하더라도 내가 목매달아서 죽더라도 사람들은 아무도 모를 거야. 평생 결혼도 못 하고 이렇게 죽을 수도 있겠구나. 나는 그런 미약하고 보잘것없는 존재인 거야."

로버트는 자신의 신세를 한탄하면서 독백을 했다. 그러고 나서 잠시 쉰다는 것이 깊은 잠에 빠져들었다. 꿈에서 그는 세상에서 가장 아름다운 비너스와 같은 여인을 도화지에 그렸다.

"그래, 바로 이거야. 오똑한 코, 비너스와 같이 아름다운 푸른 눈, 목련보다도 하얀 피부, 섹시한 붉은 입술, 신이 빚은 듯한 호리호리한 몸매, 미끈하고 탐스럽게 길게 쭉쭉 뻗어 있는 다리…."

로버트는 비너스를 그리기 위해 대충 밑그림을 그렸다. 본격적으로 붓으로 얼굴부터 그리기 시작했다.

비너스의 얼굴 윤곽을 그린 후 눈부터 그렸다. 눈 양쪽을 다 그린 로버트는 이상한 느낌을 받았다. 비너스의 눈이 깜박거리는 것을 본 것만 같았다. 착각이겠지 하고 생각한 로버트는 계속해서 비너스의 코를 그리고 입술을 그려나갔다. 입술을 완성한 로버트는 다시 한번 놀랐다. 입술이 살짝 옆으로 움직이는 것이 아닌가?

놀란 로버트는 그 자리에서 순간 얼음과 같이 굳었다. 자신이 그린 그림이 모두 살아서 움직인다면? 이런 느낌이 든 로버트는 할 말을 잃었다. 자신이 만약 여자가 아니라 여자 뒤로 나무를 그린다면 나무가 한숨을 쉬고 말을 하면서 살아서 움직일지도 모를 일이었다.

얼굴을 다 그린 로버트는 이제 팔을 그리고 손가락을 그렸다. 손가락을 하나씩 그릴 때마다 손가락이 움직이는 것만 같았다. 오른쪽 검지를 다 그린 로버트는 또다시 깜짝 놀랐다.

분명히 검지가 움직여서 자기를 향해서 손가락질을 하는 것이었다. 로버트는 이것이 꿈인지 생시인지 분간이 되지를 않았다. 꿈에서 이러는 것인지 궁금해서 로버트는 자신의 허벅지를 꼬집었다. 무척 아팠다. 이것은 현실인 것이었다. 그런데 현실에서 이런 일이 가능할까? 로버트는 아까 잠이 들었으니 이것이 혹시 꿈일지도 모른다고 생각했다. 하지만 너무 생생하니 현실일지도 몰랐다. 마치 검은 구름과 하얀 구름이 마음속에서 뒤엉키고 섞이듯이 로버트는 심란했다.

계속해서 로버트는 여성의 가슴을 그리고 잘록한 허리를 그리고 미끄러우면서도 매혹적인 다리 선이 빛나는 다리를 그렸다. 발 쪽에 발가락을 그릴 때도 발가락이 움직이는 듯했다. 발가락까지 다 그린 로버트는 이제 색칠했다. 눈에는 푸른색과 검은색과 흰색을 동원해서 눈동자를 그리고 살에는 연주황으로 칠했다. 머리는 황금빛으로 칠하면서 금발로 만들었다. 손가락과 발가락은 투명색으로 색칠했다. 모든 색칠을 완성하고 이제 어느덧 완성된 그림을 노려보듯이 로버트가 째려보았다. 그런데 이것이 웬일인가? 로버트 앞에는 자신이 그린 그림과 똑같은 누드의 여인이 서 있는 것이 아닌가?

로버트는 마치 넋이 나간 사람처럼 그냥 그 여인을 가만히 응시하고만 있었다.

"안녕하세요? 저는 당신의 마돈나예요. 저를 만들어주셔서 감사해요."

앞의 여인은 이렇게 말을 걸어왔다. 로버트는 민망했는지 먼저 수건으로 마돈나의 몸을 가려주었다.

"안녕하세요. 저의 마돈나라니 참 당혹스럽군요. 어찌 이런 일이 있을 수가 있죠? 아마 이것은 꿈인 거죠?"

로버트의 얼굴에는 황당함이 깃들어 있었다.

"이것은 꿈이 아니에요. 당신이 나를 창조하신 거예요. 당신이 그리면 모든 것이 현실이 돼요. 저는 그것을 알고 있어요. 저를 그리시고 생명을 불어넣어주셔서 감사해요. 저는 당신의 것이고 당신의 여자예요. 저를 사랑해주실 거죠?"

매혹적인 그 여자가 이렇게 매력적인 목소리로 말했다.

"저는 당신을 몰라요. 제가 얼떨결에 그렸다고는 하지만 당신은 저의 여자이거나 소유가 아닙니다. 저는 당신에게 생명을 준 일이 없습니다. 저는 그냥 오늘 누드화를 그리고 싶어서 그렸을 뿐입니다. 무슨 말인지 아시겠지요? 저는 평범한 화가입니다. 아니 어쩌면 평범하지도 못한 삼류 화가라고도 할 수가 있죠."

"아니에요. 당신은 저에게 있어서는 최고예요. 당신이 없었으면 전이 세상에 나올 수도 없었을 거예요. 하여튼 오늘부터 전 당신과 함께 살겠어요. 저를 어떻게 하시든지 저는 당신 편에 언제나 설 거예요."

섹시한 다리를 드러낸 마돈나가 로버트의 앞에 천천히 다가오면서 말했다.

"이러시면 안 돼요. 저는 당신을 감당할 만한 남자가 못됩니다. 못나고 못난 사람이에요. 그리고 저는 당신을 부양할 자신도 없는 사람이에요. 빈털터리 화가일 뿐이에요. 저는 제 몸 하나도 지키기 힘든 사람입니다. 제발 당신이 왔던 곳으로 되돌아가주세요. 저는 그냥 그림이나 그리면서 혼자 살고 싶네요."

로버트는 어떻게 해서라도 이 상황을 모면하고만 싶었다. 그는 정말로 그녀를 감당할 능력도 자신도 없었다.

"이렇게 저를 만들어놓으시고 저를 바로 버리시는 건가요? 그것은 무척이나 무책임한 행동이에요. 그러실 거면 차라리 저를 죽이세요. 아니시면 저를 취하시든가요. 둘 중의 하나를 하도록 하세요. 저는 이곳에서 한 걸음도 나갈 수가 없는 처지랍니다."

마돈나는 이판사판의 표정이었다. 로버트도 더는 어쩔 수가 없었다.

"그렇게까지 말씀하시니 하는 수가 없군요. 하지만 저는 능력 없는 백수와 같은 사람이라는 것을 꼭 기억해주세요. 진짜로 별 볼 일 없는 사람입니다. 저도 이렇게 말하는 저 자신이 *부끄럽고 부끄럽지만*, 그 것이 현실이네요. 저 같은 사람이라도 좋다면 저랑 한번 살아보도록 하죠."

그렇게 둘은 동거에 들어갔다. 차츰 로버트는 마돈나라는 여자가 진짜 여자라는 것을 알았다. 처음에는 의심하고 낯설었지만, 며칠이 지나자 그 여자가 좋아지기 시작하고 이제 그 여자의 몸도 탐닉했다.
로버트는 그야말로 그 여자의 모든 것을 나무가 대지의 물을 모두 흡수해버리듯이 흡수해버렸다. 로버트는 잠시 동안 행복감에 젖어들었다. 그런데 며칠 즐기고 난 로버트는 이제 그 여자가 더 이상 신비롭지가 않아졌다. 마돈나에게 이별을 선언한 로버트는 마음속으로 이런 생각을 했다.

"내가 그리면 그린 대로 된다는 말인가? 그럼 또 다른 아름다운 여인을 그린다면 그 여인도 내 차지가 되겠구나. 이번에는 어떤 스타일의 여인을 그려볼까? 그래, 이번에는 동양 미인이다."

로버트는 동양의 신비로움을 간직한 동양 미인을 완벽하게 그려냈다. 이 여인은 평소 로버트의 이상형이기도 했고 왠지 꼭 만나보고 싶은 형이었다. 서양 사람들은 옛날부터 동양에 대한 관심이 많고 특히 동양 미인에 대해서 신비롭게 생각하기 때문에 서양 남자가 동양 여자를 많이 좋아했다.

이제 과거에 로버트의 머릿속에 있던 어둠은 걷히고 밝은 빛으로 가득 차버렸다. 로버트의 삶은 이제 부정이 아닌 긍정 그 자체가 되었다. 사는 것 자체가 과거에는 괴로움이었으나 현재는 즐거움 그 자체였다.

동양 미인을 완성하고 나니 동양 미인은 신기하게도 유창하게 영어를 구사하면서 로버트와 대화를 했다.

"안녕하세요. 반가워요."

신비로움이 가득한 동양 여성이 말을 걸었다.

"아니 어떻게 동양분이 영어를 이렇게 잘하시나요?"

로버트는 약간 놀라는 눈치였다.

"글쎄요. 그냥 하는 거예요."

"요즘은 이해할 수 없는 일들만 일어나서 참 좋아요. 그것도 좋은 일로만 저에게 일어나는군요. 어쨌든 반가워요. 전 로버트예요."

"전 한나라고 해요. 반가워요. 친하게 지내요. 당신이 저를 만드신 분이니까요."

한나라는 동양 여성은 신비로운 아름다운 여성이었다.

"천만에요. 전 그냥 그렸을 뿐이에요. 제가 원하는 것을 그렸고 꿈이 현실화한 것뿐이에요. 참 이것이 현실인지 꿈인지 모르겠어요."

이렇게 말하면서도 로버트는 한껏 들뜬 표정이었다.

"꿈은 아니에요. 저는 살아 있는 그 자체이니까요. 저는 꿈의 허상이 아니거든요. 제 볼을 지금 꼬집어볼게요. 아야, 아프네요. 전 환상이 아니라 실체에요. 저는 사실상 당신의 것이에요."

한나가 섹시한 목소리로 말했다.

"사람이 물건이 아니니 누구의 것이라고 할 수는 없죠. 그냥 우리 친하게 지내면서 서로를 알아가도록 해요."

약간 이러한 상황에 익숙해져버린 로버트가 카사노바처럼 굴었다.

"알겠어요."

그렇게 로버트와 한나는 며칠을 동거해가면서 친해지고 육체적으로 정신적으로 하나가 되어갔다. 로버트는 이제 한나를 많이 사랑하게 되었다. 한나의 소원을 좀 들어주고 싶어졌다.

"한나! 당신의 소원이라면 무엇이든지 들어주고 싶으니 말해보세요."

로버트는 정말로 어떻게 해서라도 그녀의 소원을 들어주고 그녀의 마음을 완전히 자신의 것으로 만들고 싶었다.

"그렇다면 저에게 아름다운 집을 지어주세요. 방은 한 10개쯤 되고 뒤뜰이 있고 화장실은 3개 되고 집 앞에는 수영장이 있는 집이면 좋겠어요. 그렇게 넓은 집에서 당신과 함께 영원히 살고 싶어요."

한나는 자신의 소원을 스스럼없이 말했다.

"알겠소. 오늘 밤 내가 집을 그려보도록 하지. 여자는 살아 움직였지만 집은 안 될 수도 있소. 살아 있는 인간은 그림으로 성공했지만, 사물까지 될지는 확신하지 못하오. 그리고 그 집은 엄청나게 크잖소? 그러나 당신의 소원이니 한번 최선을 다해서 시도해보겠소."

로버트는 그날 저녁에 한나가 말했던 집을 그려갔고 다음 날 아침까지 그림 그리기를 멈추지 않았다. 그리고 피곤함에 지친 그는 그대로 잠이 들었다.

다음 날 아침에 까치 소리가 너무 크게 들려서 깬 로버트는 자신의 눈을 의심했다. 예전에 있었던 낡은 방은 사라지고 자신은 궁전과 같은 집에서 자고 있고 창밖으로는 자신이 그렸던 수영장이 보였기 때문이었다.

"잠을 잘 주무셨나요? 고마워요. 로버트 나의 소원을 들어주어서요. 정말로 크고 아름다운 집이에요. 이런 집에서 사는 것이 평생 저의 꿈이었어요. 당신과 함께 이곳에서 산다고 생각하니 벌써 기분이 좋아지네요."

흥분한 모습의 한나는 어깨를 들썩였다.

"아니, 이제 집도 된단 말인가? 내가 그리는 것은 무엇이든지 된단 말인가? 믿을 수가 없군. 어쨌든 나는 이제 아름다운 여인과 큰 집에서 살게 됐군. 정말로 좋은 일이야."

로버트 마비스는 속으로 너무 기뻐하면서 이렇게 생각했다.

한나와 매일 밤 사랑을 나누면서 좋은 집에 살던 로버트는 이제 이 집을 유지하고 맛있는 음식을 사고 더 좋은 것을 가지기 위해서 돈이 더 필요했다.

"돈이 많아야 이 모든 것을 유지하고 더 좋은 것을 가질 수가 있다. 그러면 어떻게 하지? 돈을 직접 그릴까? 그러면 그것은 위조지폐가 될지도 몰라. 그건 안 되지. 그럼 어떻게 하지? 그래 황금을 그리자. 그리고 그 황금을 팔자. 그럼 난 부자가 될 거야."

바로 황금 그림을 그리기 시작한 로버트의 등은 땀에 흠뻑 젖었다. 로버트는 그런 것에는 아랑곳도 하지 않고 황금 그리기에만 열중했다. 로버트는 이제 황금만능주의에 물든 사람이 되어버렸다.
예전에는 어찌 보면 신비주의라고도 할 수 있고 이상주의라고도 할 수 있는 삶을 살아왔지만 이제 로버트는 완전히 현실주의자이자 자본

주의 제도 안에 들어와 있었다. 로버트는 인간의 내면조차도 물질에 의해서 결정된다고 믿는 사람처럼 되었다. 예전과 백팔십도 변한 것이었다.

그림을 그리고 난 후 깜짝 놀랄 일이 또 벌어졌다. 큰 덩어리의 황금이 뚝뚝 로버트의 앞에 떨어졌다. 엄청난 크기의 황금이자 많은 양이었다. 로버트는 하루아침에 갑부가 된 것이었다.

이것은 로또를 맞는 것보다 더 큰 부의 획득이었다. 로버트는 황금을 은행에 가지고 가서 돈으로 바꾸고 많은 돈을 갖게 되었다. 의기양양해진 로버트는 속으로 이렇게 되뇌었다.

"이제 세상은 내 것이다. 무엇이든지 살 수가 있고 여자도 만날 수 있다. 어디든 갈 수가 있다. 이참에 세계 일주도 해볼까? 아니지. 아직은 때가 아니다. 좀 많은 것을 즐기고 싶다."

로버트는 매일 밤 한나와 파티를 즐기고 많은 손님을 초청했다. 로버트의 잃어버렸던 옛 친구들과 유명 인사들과 의원들도 로버트의 집으로 몰려들었다. 하루 저녁에 삼백 명이 넘는 사람들이 파티를 즐겼다.

하루는 걱정스럽다는 표정을 한 한나가 로버트에게 말했다.

"너무 큰 파티를 자주 여시는 거 아닌가요? 너무 무리가 되는 거 같아요."

"괜찮소. 이 정도의 파티는 매일 해도 내 돈은 마르지 않을 것이오. 혹시 파티가 지겨워졌나?"

로버트는 한나에게 오리려 핀잔을 주었다.

"그건 아니에요. 파티가 지겨운 사람이 어딨어요. 당신이 걱정되어서 그랬죠."

한나가 킬킬거리며 오른손을 로버트의 어깨에 올렸다.

"다행이군. 즐기라고."

로버트는 의기양양해져 있었다.

거의 이틀에 한 번꼴로 진행되는 파티에 어느 날 갑자기 일이 터졌다. 이것은 로버트의 인생에서는 대형 참사가 될 수 있는 일이었다. 그것은 로버트가 이별을 고한 마돈나가 갑자기 나타난 것이었다.

"로버트 당신이 나에게 어떻게 이럴 수 있나요. 저를 초대하지 않으시다니요. 제가 소문을 듣고 이곳을 와야겠냐고요. 그래도 예전에 관계가 있는데…"

마돈나는 서운한 표정을 지었다.

"미안하오. 당신을 잊고 있었군요. 일부러 그런 것은 아니니 용서하시고 마음껏 즐기구려."

마음도 너그러워진 듯한 로버트가 부드러운 음성으로 대꾸했다.

"누구죠?"

옆에 있던 한나가 질투의 눈총을 보냈다.

"아. 예전에 알던 여인이요. 개의치 말아요."

로버트가 손을 절레절레 흔들면서 말했다.

"뭐요? 제가 그냥 알던 여자? 그건 아니죠. 사랑하던 사이였죠. 확실히 하셔야죠."

마돈나가 따지듯이 말했다.

"사랑하던 사이? 그게 사실인가요?"

한나는 이제 질투의 화신이 된 듯했다.

"아니야. 그냥 조금 알던 사이야."

홍당무가 된 로버트는 극구 부인했다.

"정말 너무 하네요, 로버트. 저는 로버트의 첫 여자인 마돈나라고
해요. 당신의 이름은 어떻게 되죠? 눈이 무척 이쁜 동양인이군요."

눈을 살짝 흘기면서 마돈나가 비꼬듯이 말했다.

"저는 한나라고 해요. 그런데 둘의 관계가 어디까지 갔었나요?"

한나는 꼬치꼬치 물었다.

"글쎄요…."

너무 캐묻는 그녀의 말에 마돈나가 당황해서 머뭇거리며 말꼬리를 흐렸다.

"정확하게 말해주세요. 제발요."

한나의 표정은 이미 화가 나 있었다.

"이제 가지."

가까스로 한나의 팔을 붙잡고 로버트는 한나를 좀 떨어져 있는 소파에 앉혔다. 그날의 위기는 넘겼지만 진짜 문제는 이틀 뒤의 파티에서 또 벌어졌다.

이틀 뒤 파티에 마돈나가 또 나타난 것이었다. 로버트는 이제 약간 화가 났다. 로버트가 마돈나에게 말을 걸었다.

"이제 파티에 오는 것은 좀 삼갔으면 해. 아무래도 보는 눈도 있는데…."

로버트가 말꼬리를 약간 흐리면서 말했다.

"누가 본다는 거죠? 아, 당신의 새로운 여자 친구 하나가 질투할까 봐 그래요? 걱정 말아요. 저는 당신을 보러 온 것이 아니라 그저 파티를 즐기러 온 것뿐이니까요. 그녀에게 저를 그렇게 신경 쓰지 말라고 전해주세요."

마돈나가 적반하장의 표정을 지으면서 말했다.

"그렇게 간단한 문제가 아니오. 그냥 파티에 오지 말아주시오. 어차피 파티는 초대된 사람만 오는 것이오. 당신은 내가 초대한 적이 없소."

짜증스러운 표정의 로버트의 말은 냉담했다.

"절 이렇게 냉대하시면 저도 생각이 있어요. 당신과의 옛 관계를 폭로하는 수밖에 없다고요."

마돈나는 사람의 심장을 뚫을 것같이 따가운 눈총을 보냈다.

"그럼 어쩔 수 없구먼. 이제 당신은 이곳에 올 수가 없을 것이야. 경비원!"

　로버트는 경비원을 갑자기 불렀고 두세 명의 검은 선글라스를 끼고 정장 차림을 한 경비원이 마돈나의 팔을 잡고 밖으로 끌어내었다.
　마돈나는 강제로 밖으로 추방되었고 로버트의 집 정문에서 분노하며 서성였다.

　"두고 봐, 로버트. 당신을 가만두지 않을 거야. 나를 이렇게 홀대한 사람치고 성한 사람은 없었어. 절대로 용서할 수 없어. 난 집에 가지 않을 것이야. 이곳에서 밤을 새워서라도 지키면서 한나를 만나겠어."

　여자의 한은 무섭다고 했는가? 마돈나의 얼굴은 홍당무처럼 되어 있었고 그 분노의 기는 하늘에 구멍이라도 낼 기세였다.
　몇 시간이 흐른 뒤 하늘이 마돈나의 편인지 한나가 밖으로 혼자서 나왔다. 왜 한나가 그 시간에 나왔는지는 미스터리였다.

　"한나 씨."

　약간 히스테릭해진 목소리로 마돈나가 한나를 불렀다.

"아니, 이곳에서 뭐하세요? 안 들어오시나요?"

아까 있던 일을 전혀 모르는 한나가 이렇게 되물었다.

"오늘 저는 파티에 참여할 기분은 아니네요. 한나 씨에게 진실만 전하고 집으로 가겠어요. 저와 로버트의 관계를 낱낱이 밝히겠어요."

결심이 이미 선 듯한 표정의 마돈나가 한나에게 말했다.

"무슨 진실을 말씀하시는 건가요? 정확하게 말씀해주세요."

한나는 이미 궁금해서 미친 여자처럼 되어 있었다.

"로버트와 저는 깊은 관계였어요. 정신적으로뿐 아니라 육체적으로도요. 저와 그는 며칠 동안 동거를 한 사이예요. 이처럼 큰 집이 지어지기 전에요. 그런데 그가 부자가 되고 새로운 여자 친구가 생기니 저를 이렇게 홀대하네요. 세상에 어떻게 사람이 이렇게 변할 수가 있죠? 말 좀 해보세요."

마돈나는 술에 취한 듯이 분노에 취한 듯이 마구 지껄이고 있었다.

"정말요? 그이는 그런 이야기는 한 적이 없어요. 마돈나 씨와는 그저 친구라고만 했어요. 있을 수 없는 일이군요. 그이는 양의 가면을 쓰고 있는 늑대와 같은 존재군요. 저도 그이를 용서할 수가 없을 거같아요."

이렇게 말하면서 인사도 없이 한나는 집 안으로 들어가버렸다.

"로버트. 당신이 나에게 뿌린 대로 나도 당신에게 뿌렸으니 그 대가는 충분히 받아야 할 거야. 죄를 지었으면 벌을 받는 것이 인지상정 아니겠어?"

마돈나는 고소하다는 듯한 표정을 하면서 총총걸음으로 집으로 발걸음을 돌렸다.

한나가 집으로 들어가고는 한바탕 큰 소동이 벌어졌다. 큰 소리가 난무하고 욕이 넘쳐났다.

"당신이 그런 사람인 줄은 꿈에도 생각한 적이 없어. 여자를 사귀고 그 여자를 부정하고 나에게 거짓말까지 했어. 앞으로 나에게도 다른 여자가 생기면 똑같이 할지 어떻게 알아. 당신 같은 사람과는 더 이상

사귈 수가 없다고."

이미 한나는 이성을 잃고 있었다.

"그런 것이 아니야 한나. 그 여자는 온통 입에 거짓말만 달고 사는 사기꾼이라고. 한나 나의 눈을 보라고. 나의 눈은 당신에게 진실만을 말하고 있어. 나를 믿어주어야 해. 신뢰가 있어야 남녀 관계는 앞으로 나아갈 수가 있는 거야."

로버트는 약간 힘주어서 말하고는 있으나 표정은 약간 일그러져 있었다.

"당신 모습과 당신 눈을 보니 거짓말을 하는 거야. 나는 알 수가 있어. 여자의 육감이라는 것이 얼마나 무서운지를 모르나 본데 그것은 어느 것보다도 빠르고 깊은 거야. 육감은 눈치보다도 백배는 훨씬 민감하다는 것을 남자들은 모른다고. 나는 지금 당장 짐을 싸고 다른 데로 갈 것이야. 나를 잡을 생각은 꿈에도 마."

한나는 이미 관계를 정리할 생각을 했다.

"내가 잘못했어. 나는 한나를 정말로 사랑해. 한 번만 용서해주면 앞으로 다른 여자에게는 한눈팔지 않겠어. 그리고 거짓말도 안 하겠어."

로버트는 정말로 슬픈 마음이 되어 있었다. 그만큼 한나를 깊이 사랑하고 있었다. 다른 평범한 서양 여자들은 그저 하룻밤의 즐거움이었지만 동양의 신비를 가진 한나는 로버트에게 다른 의미였다.

"사실 당신이 여자를 사귄 것은 큰 문제가 아니야. 나도 그 정도는 이해해줄 수 있는 여자야. 나쁜 것은 당신의 거짓말이고 신뢰 문제야. 당신과 나 사이에는 진실만이 있는 줄 알았는데 그것이 깨졌어. 우리 사이에 진실의 다리가 무너져버렸단 말이야. 무너진 진실의 다리를 어떻게 복구하겠어? 그것은 불가능한 것이야."

한나는 이렇게 말하면서 옅은 한숨을 쉬었다.

"내가 그 진실의 다리를 복구해볼게. 할 수 있어. 신뢰를 앞으로 쌓아나갈게. 나를 떠나지 말아줘. 당신 없는 날들은 상상할 수가 없을 거야. 너무나 힘들 것이야. 부탁이야."

힘없는 표정의 로버트는 간절히 애원했다.

"소용없어. 우린 끝났어. 빨리 나를 잊는 것이 더 좋을 거야."

한나는 매정한 말을 남기고 짐을 싸서 집을 나가버렸다. 떠나는 그녀의 뒷모습을 보는 로버트는 허탈한 감정에 휩싸였다.

마치 게의 등껍질과 같은 잿빛으로 마음이 물든 로버트는 우울해져서 술을 매일 마셨다. 알코올의 흡입이 과해서 필름이 끊긴 적도 한두 번이 아니었다. 이제 로버트는 과거의 그 사람이 아니었다. 마치 타락한 천사의 모습을 하고 있었다.

돈은 많은데 그 돈을 주체할 수 없던 로버트는 마구 돈을 쓸 곳을 찾았다. 그 돈을 쓰는 것은 오직 자신의 쾌락과 욕정을 위한 것이었다. 쾌락의 달콤함에 빠진 로버트는 환각 상태에 살았다.

매일 술에 취해 있으니 그야말로 제정신이 아니었다. 로버트는 마침내 대마초에도 손을 대고 마약의 환각에 사로잡혔다. 그리고 로버트는 또 다른 여인의 그림을 그렸다. 로버트 곁에 여인이 없어서 쓸쓸해져서였다. 이번에는 남미 여인의 그림이었다.

"남미 중에서도 아르헨티나 여성이 사진을 보니 매력적이었어. 그 사진을 보고 아르헨티나 여성을 한번 그려보아야겠군. 이 여성이야말로 나의 허무와 마음의 공허함을 채워줄 수 있는 삶의 기쁨이 될 것이야. 자 그리자."

로버트는 하루 꼬박 걸려서 그림을 완성했다. 매력적이고 아담하지만, 이목구비가 시원시원하고 몸매가 균형 잡힌 전형적인 스타일의 아르헨티나 여성이 그 앞에 서있었다.

"안녕하세요. 저는 밀라라고 해요."

그 여성의 목소리는 마치 천국에서 온 듯한 보이스였다.

"밀라? 아름다운 이름이군. 나는 로버트요."

첫눈에 그녀에게 반해버린 로버트가 말했다.

"저를 만들어주신 당신은 저의 주인이세요."

로버트를 보자마자 그녀도 로버트에게 순종해버렸다.

"내가 당신의 주인이라고. 글쎄. 그렇게 볼 수도 있지."

정신이 몽롱해진 로버트는 사리 분별력을 잃고 있었다.

"제가 어떻게 해드리면 되나요?"

그녀는 주인인 로버트를 위해서라면 무슨 일이든지 할 수 있는 자세였다.

"글쎄, 나와 함께 지내면 되지. 내가 원하는 것을 좀 해주면 되고. 내가 원하는 대로 할 수 있나? 난 당신의 주인이잖아."

로버트는 이제 이런 일이 일상이 되어가고 있었다.

"그래요. 전 할 수 있어요. 저를 만드신 분이니까요."
"그럼 이쪽으로 오지."
"네."

로버트는 그야말로 밀라와 처음 만났지만 한 일 년은 만난 듯이 다 짜고짜 행동했다. 로버트는 이성을 이미 상실했다. 마치 자신이 이 세상의 왕이고 다른 모든 것은 신하라고 생각했다. 로버트는 지금 자신이 사는 시대가 언제인지도 헷갈리고 있는 듯했다.

물론 사람에게는 내적인 시간과 외적인 시간이 존재한다. 사람들은 외적인 시간을 살고 있지만, 가끔 자신의 어렸을 때로 기억이 가기도 하고 청년 시기로 가기도 한다.

때로는 기쁠 때로 돌아가기도 하고 때로는 슬프고 복잡 미묘한 감정에 사로잡히기도 한다. 때로는 사랑하던 사람이 있던 곳으로 가기도 하고 때로는 이별의 순간으로 가기도 한다. 그런데 로버트에게 있어서는 이 내적인 시간이 외적인 시간을 압도하면서 그저 좋은 날만을 기억하려고 하고 쾌락적인 시간만을 기억하려고 하는 데에 문제가 있었다.

결국, 로버트는 현실도피적인 생활을 하고 있고 현실이 아닌 달콤한 과거의 이상 속에서 사는 것이었다. 이런 로버트를 평범한 사람들이 볼 때는 미쳤다고밖에 생각할 수 없을 것이었다.

그렇게 밀라와 즐겁게 성생활을 즐기고 있는 로버트에게 어느 날 한나가 집으로 다시 들이닥쳤다. 밀라와 같은 침대에 있는 로버트를 본 한나는 소스라치게 놀라며 소리를 질렀다.

"아니, 이 여자는 또 누구죠? 당신은 정말 구제 불능이군요. 얼마나 많은 다른 여자를 이 집에 들이고 숨겨놓아야 만족이 되겠어요?"

깜짝 놀란 표정의 한나가 혀를 내두르면서 말했다.

"아. 왔어. 그런 게 아니고…."

대수롭지 않다는 표정의 로버트는 말꼬리를 흐렸다.

"안녕하세요."

옷을 주워 입으면서 밀라가 한나에게 밝게 인사했다.

"안녕이고 머고 당신은 누구세요?"

황당한 표정의 한나가 의미심장하게 물었다.

"전 밀라라고 해요. 로버트의 애인이죠."
"애인이라고? 도대체 이 남자는 애인이 몇 명인지 모르겠네. 나도
이제 헷갈릴 정도예요. 당신을 나름 봐주려고 다시 이 집에 왔는데 당
신하고는 도저히 안 되겠네요. 이제는 저를 볼 생각을 마세요. 그리고
밀라 씨. 정신 차리세요. 조금 있으면 또 다른 애인이 나타나서 당신
을 괴롭히게 될 것이니까요."

이렇게 말하며 문을 꽝 닫고 한나가 방을 나갔다.

"로버트. 저 여자가 무어라고 하는 건가요? 사실인가요? 당신은 저의 주인이고 저만을 사랑한다고 하셨잖아요? 저 여잔 누구죠?"

밀라가 의아한 표정을 지었다.

"아무것도 아니야. 신경 쓰지 마."

로버트는 이미 한나를 잊었다. 로버트는 이미 타고난 바람둥이가 되었다.

로버트는 마치 태곳적 사람 같았다. 눈은 태고의 우수를 하고 있었고 입은 침묵의 고요로 가득 찼다. 마치 로버트는 네안데르탈인과 같은 원시적인 감각과 우울을 지니고 있었다. 로버트의 내면은 원시적이었고 본능적이고 동물적이었다. 그런 본능에 충실한 로버트는 본능대로 살았다.

이미 이성의 능력은 상실하고 있었고 겉모습만 번지르르했다. 겉모습을 꾸미는 것은 결국 세속과 타협하고 이성을 유혹하고 돈의 노예가 되는 것과 합치되었다. 로버트라는 사람은 이미 일상적인 삶을 사는 것이 불가능했다.

로버트는 결국 밀라 하고도 갈등을 일으켜서 헤어졌다. 로버트에게 여자는 그다지 중요한 존재가 아니었다. 로버트에게 있어서 여자란 그저 쾌락의 도구일 뿐이었다. 로버트는 여자가 필요하면 또 그리면 되는 것이었다.

그리고 여자가 지겨워지면 돈으로 술과 마약을 사고 그 환각 속에서 빠져 살았다. 로버트는 그렇게 제정신이 아닌 채로 수많은 나날을 보내다가 결국은 몸이 허약해지고 뼈만 앙상해졌다. 로버트는 방탕의 결과로 1년 후에 비참하게 죽고 말았다.

세 번째 환상 이야기

– 조각 같은 미남 브루노의 여인

"당황한 브루노가 검은 천을 황급히 주우려는 순간

아가씨가 검은 천을 먼저 잡으면서

브루노의 얼굴을 보고 즉시 뻗어버렸다."

"앞의 두 분의 이야기는 너무나도 잘 들었습니다. 때로는 기이하고 때로는 슬프고 때로는 허무한 이야기들이군요. 인생이란 것은 어쩌면 하나의 구름 조각이고 우리 인간은 그저 잠깐 왔다가 사라지는 그림자와 안개와 같은 존재이겠지요. 앞의 분들 이야기는 인생에 대해서 잘 표현한 이야기들이었던 것 같습니다.

하지만 재미는 좀 떨어졌던 거 같아요. 저는 진정으로 재미있는 이야기를 해드리겠습니다. 이 이야기를 들으면 아마 여러분들 모두 저의 이야기가 최고라고 인정하게 될 것입니다. 자 그러면 저의 이야기를 들어보세요."

체코의 수도 프라하에 브루노라고 하는 조각 같은 얼굴을 가진 청년이 살고 있었습니다. 그는 다비드상의 얼굴과 같이 빛이 나는 외모의 소유자였어요. 이 세상의 어느 영화배우도 이 사람의 얼굴에는 감히 따라갈 수 없을 정도로 잘생긴 사람이었습니다.

너무 잘생긴 얼굴 때문에 좋기도 했지만 참으로 불편하기도 했습니다. 왜냐하면, 어렸을 때부터 그의 얼굴을 보면 여성들이 다 기절하는 것이었습니다. 여태껏 그의 얼굴을 보고 기절하지 않는 여인은 단 한 사람도 없었습니다.

그래서 브루노는 항상 얼굴을 검은 천으로 가리고 다녔습니다. 그리고 지금의 스타처럼 여인들이 이 사람을 항상 쫓아다녔습니다. 처음에는 그것이 좋았지만, 너무 스토커처럼 따라다니는 여자들 때문에 이 사람의 삶은 점차로 망가져갔습니다. 사생활 보장이 잘 안 됐습니다. 그래서 브루노는 걷잡을 수 없을 정도의 우울증에 걸렸습니다. 너무 잘생긴 자신의 얼굴이 오히려 자신에게 독이 되어가고 있음을 깨달았습니다. 삶의 허무를 느끼고 절망하면서 살아갔습니다.

"아, 나의 이 잘난 얼굴이 나의 내면을 이렇게 부수어 놓을 줄은 몰랐다. 여자란 존재는 왜 나만 보면 그렇게 자지러진단 말인가? 진정으로 여자란 무엇일까? 여자가 남자의 외모를 보지 않고 내면을 보고 그의 능력을 보고 믿음직스러운 남자를 좋아한다는 것은 한낱 동화책에나 나오는 것이었단 말인가? 내가 밖으로 못 다니는 이유를 사람들에게 말한다면 나는 아주 우스꽝스럽고 놀림당하는 사람이 되고 말 것이다."

이렇게 속으로 독백한 브루노는 오늘도 먹을 것을 사기 위해서 검은 천으로 얼굴을 가리고 달 밝은 밤에 조용히 동네로 나타났다.

주위에 아마존족의 여성이 없는지 뒤돌아보면서 살금살금 뒤꿈치를 들어서 조용히 길거리를 배회하고 있었다. 아니나 다를까 자신을 뒤쫓고 있는 한 여성의 그림자가 보였다.

그 여인이 말을 걸었다.

"잠시만요. 브루노 씨 맞죠? 밤마다 검은 천을 얼굴에 드리우고 마치 유령처럼 다닌다는 그 사람 말이죠."
"제가 유령이라고요? 누가 그러던가요?"

놀란 표정의 브루노가 정색했다.

"사람들이 그러던데요. 검은 천을 두르고 저녁에만 출몰하니 당연히 사람들이 그렇게 생각할 거 같아요. 저도 그렇게 생각했고요. 그런데 당신이 그렇게 얼굴이 잘생겼다고 하는데 사실인가요? 그러면 잘생긴 유령이네요. 호호."

여인은 무척이나 성격이 호탕한 편이었다.

"제가 그렇게 잘생겼다고 생각한 적은 없어요. 다만…."

브루노가 말꼬리를 흐렸다.

"다만 뭐요?"

"제 얼굴을 보면 안 돼요. 저의 얼굴을 보는 여성은 다 쓰러지거든요. 이것은 웃긴 이야기가 아니라 진실이니 심각하게 들으셔야 해요. 절대로 제가 잘생겼다는 것을 자랑하려는 것은 아닙니다. 그저 그런 일이 다반사로 일어나서 제가 이렇게 저녁마다 나오고 유령처럼 사는 거예요. 물론 저는 유령도 아니고 드라큘라도 아닙니다. 그저 평범한 한 남자죠."

브루노의 말에는 진실함이 묻어 있었다.

"그런 소문은 들은 적은 있지만 이렇게 직접 들을 줄은 몰랐네요. 제게 한번 얼굴을 보여주시면 안 되나요? 저는 절대로 기절하지 않을 자신이 있는 아가씨랍니다. 사람 얼굴 보고 어떻게 기절하나요. 그건 말이 안 되죠. 저는 믿을 수가 없어요. 저에게 한번 확인시켜주세요."

아가씨가 마구 졸랐다.

"안 됩니다. 당신도 틀림없이 기절하고 말 겁니다. 저리로 가십시오. 그렇게 저를 조르고 졸라서 저의 얼굴을 보고 쓰러진 아가씨들이 한 트럭은 됩니다. 정말이에요. 믿어주세요. 이제는 절대로 저의 얼굴을 아가씨들에게는 안 보여줄 것입니다. 오죽하면 이러고 살겠어요. 저를 더 괴롭히지 말아주세요. 부탁입니다."

브루노의 얼굴은 정말 심각했다.

"한 번만요. 설사 제가 기절한다고 해도 절대로 당신 탓은 하지 않겠어요. 저는 그저 당신의 얼굴을 단 한 번만 보고 싶을 뿐이에요. 제가 부탁할게요."

여인은 거의 애걸복걸하다시피 했다.

"안 된다니까요. 빨리 돌아가세요."

브루노가 정색하면서 도망치려 했다.

하지만 궁금증이 폭발한 그 아가씨는 청년의 손을 잡고 검은 천을 오른손으로 벗겨냈다. 그리고 흘끗 청년의 얼굴을 보더니 그대로 기절해서 땅바닥에 뻗어버렸다.

"오늘도 한 명 보내는군…. 이제는 정말로 나오지 말아야겠다."

그런 일이 있고 난 뒤 브루노는 칩거에 들어갔다. 그야말로 은둔 생활인 것이었다. 한 달 동안을 집에만 틀어박혀 있었다. 물론 음식은 많이 저장해둔 것이 있었고 조금씩만 먹으면서 그렇게 지냈다. 브루노는 방안이 마치 감옥과 같았다. 세상을 살아가면서 가장 힘든 일은 일을 하면서나 사람과의 관계가 아니라 혼자서 감옥 같은 방에 갇혀 있는 것이라고 브루노는 생각했다. 말이 방이지 방이 그냥 감옥으로 변해버리는 것이었다.

감옥이 별것인가? 혼자서 방에 있으면 그것이 감옥인 것이다. 인간이 괜히 사회적 동물이라고 했겠는가? 인간은 혼자서는 살 수가 없고 사람과의 관계를 통해서 살 수가 있다. 사람들과 말도 해야 하고 때로는 몸을 부딪치면서 살아가야 한다.

혼자서 산다는 것은 인간에겐 애초에 불가능한 일일 것이다. 브루노는 한 달이 지난 후 그것을 느끼기 시작했다. 물론 음식도 떨어져서 어차피 밖으로 나가야 할 형편이었다.

한 달이 지난 어느 날 저녁 브루노는 다시 얼굴에 검은 천을 전보다 더 두껍게 두르고 음식을 사기 위해서 밖으로 나왔다. 누가 따라오는 사람이 없는지 다시 확인하고 또 확인했다. 브루노는 자신이 피해자이면 피해자이지 가해자인 삶을 살긴 싫었다. 하지만 요즘 그의 삶은 그를 의도하지 않은 가해자로 몰아가고 있었다. 브루노는 그 점이 무척 괴로웠다. 음식을 사러 가게에 갔는데도 다행히 아무도 따라오지 않았다. 브루노는 한숨을 쉬면서 가게로 들어갔다.

　그런데 가게에 서 있는 사람이 오늘은 아저씨가 아니라 어떤 아가씨였다. 브루노는 잔뜩 긴장했다. 혹시 이 아가씨를 또 쓰러트릴지도 모른다는 생각에 사로잡혔다. 필요한 빵과 버터와 치즈와 우유와 몇 가지 잡동사니만 빨리 사고 가야겠다고 생각하고 있었다.

“무엇을 드릴까요?”

미인형의 아가씨가 친절하게 웃으면서 고운 목소리로 물었다.

“빵과 버터와….”

브루노는 차분하게 자신이 원하는 것을 말했다.

“참 목소리가 여성 같으시네요.”

아가씨가 마치 목련이 갓 피어나듯이 웃었다.

"제가요? 전 남잔데요. 그렇게 여성 목소리 같나요? 진짜로?"

브루노는 황당한 표정이 되었다.

"예. 남성분인데 완전 목소리가 여자 목소리처럼 가늘고 고우신데요. 신기해요. 그런데 얼굴은 왜 그렇게 가리셨나요?"

그 여성은 의아한 표정이었다.

"사정이 좀 있어서요. 빨리 주세요."

브루노는 아가씨의 말을 애써 무시하고 싶었다.

"알겠습니다. 확인 좀 해보고요. 사는 게 좀 많으셔서요. 오랜만에 나오셨나 봐요?"

여성은 무엇인가 자꾸 캐묻고 싶어졌다.

"좀 됐네요."

브루노는 이 아가씨가 왜 이렇게 묻는지 짜증이 나기 시작해서 건성으로 대답했다.

"다 됐습니다. 여기 있습니다."

여성은 남성이 성가셔한다는 것을 눈치채고 이렇게 말했다.

"돈은 여기 있습니다."

브루노가 돈을 꺼내려고 호주머니에 오른손을 넣는 순간 얼굴의 검은 천이 땅바닥으로 떨어졌다. 당황한 브루노가 검은 천을 황급히 주우려는 순간 아가씨가 검은 천을 먼저 잡으면서 브루노의 얼굴을 보고 즉시 뻗어버렸다.

"오늘 또 한 사람을 이렇게 쓰러뜨리는구나. 나는 이제 완전한 범죄자 같은 가해자군. 빨리 집으로 가자."

돈을 올려놓고 음식을 들고 브루노가 집으로 돌아갔다.

그 후로 브루노는 절대로 집에서 나오지 말아야겠다고 결심했다. 자신이 밖으로 나오면 남에게 피해만 주게 되기 때문이었다. 아가씨들이 쓰러져도 도와줄 수도 없이 도망쳐야 하는 자신의 모습이 더 싫었다. 아가씨가 눈을 뜨면 또 기절할지도 모른다는 일종의 경계가 있는 것이었다.

그렇게 세월은 하루하루 지나갔다. 시간은 금보다 귀했다. 청춘의 시간은 금 중에서도 다이아몬드와 같은 것이었다. 브루노는 그런 다이아몬드보다 귀중한 시간을 그냥 의미 없이 보내고 있는 것이었다. 브루노는 취직할 수도 사람을 만날 수도 없었다. 그 이유가 자신의 태생적 한계라고 생각하니 한숨만 나왔다.

삶은 '고'라고 하지만 인간이 태어날 때 웃고 태어나는 사람 없고 모두 울고 태어나니 슬픔의 인생이라고 하지만 이건 아닌 것 같았다. 못생긴 얼굴 때문에 그렇게 불행한 것도, 장애가 있어서 불행한 것도 아니고 잘생긴 얼굴 때문에 불행하다는 이 기가 막힌 상황을 누가 이해해줄 것인가?

물론 인생에서는 자신만의 비밀과 누구에게도 말 못 한 슬픔과 사연 한 가지 이상은 누구든지 가지고 있다. 한 사람의 삶은 한 편의 소설인 것이다. 하지만 브루노의 고민은 이 세상 어느 사람도 가지지 못한 고민인 것만 같았다.

사람들의 고민이라고 하는 것은 수많은 사람의 사연을 들어보면 결국은 공통점을 발견하게 된다. 나만의 고민이라고 생각했는데 남의 사연을 들어보면 나의 사연인 경우가 많은 것이다. 그러나 브루노의 고민은 정말로 이 세상에서 단 하나의 고민인 것만 같았고 사실 유일할지도 몰랐다.

브루노의 마음에서 갑자기 자신이 살았던 체코에서의 '프라하의 봄'이 떠올랐다. 1968년에 체코에서 있었던 소련에 대항하는 민주 자유화 운동이 바로 프라하의 봄이었다. 그렇게 많은 체코인이 민주 자유화를 위해서 즉 자유를 위해서 소련군과 싸운 것이었다. 브루노의 마음에서도 프라하의 봄과 같이 행동의 자유가 자신의 삶에 도래하기를 고대했다. 지금 자신은 행동에 너무 많은 제약이 있었다. 이것은 어쩌면 한 인간의 한 인격의 도살이고 말살인 것이었다. 그는 그 당사자가 자기라고 생각하니 마음이 괴롭고 우울해졌다.

그렇게 두 달을 집에서 은둔하던 브루노는 무슨 결심을 한 듯이 밖으로 나갔다. 프라하의 최대 강인 몰다우강으로 나가서 바람을 쐬기 위해서였다. 얼굴을 검은 천으로 칭칭 감고 이번에는 자전거를 타고 빠르게 몰다우강으로 페달을 밟았다. 이렇게 하면 여인이 자신을 알아보는 것도 따라오는 것도 불가능할 것만 같았다. 물론 아무도 알아보지도 따라올 수도 없었다. 브루노가 타고 있는 자전거는 얼마나 빨랐는지 치타보다도 자동차보다도 빠르게 질주하는 듯했기 때문이었다.

달빛을 받아 은빛을 내면서 고요하게 흐르고 있는 몰다우강을 바라보면서 브루노의 가슴은 뻥 뚫리는 것만 같았다. 그동안 집에만 있어서 너무나 답답했었기 때문이었다. 브루노는 파란색과 검은색이 오묘하게 조화를 이루고 있는 하늘을 바라보면서 우주와 운명에 관한 생각에 빠졌다.

쓸데없는 생각인지는 모르지만, 불현듯 머리에 스치는 잡념들이었다. 우주의 탄생은 사실일까? 창조론이 맞을까? 진화론이 맞을까? 인생은 이미 정해져 있는 것인가? 아니면 인간의 의지로 헤쳐나갈 수 있는 성질의 것인가? 운명이란 무엇인가? 인간은 말하는 동물인가? 영혼이 있는 완성체인가? 갑자기 이런 생각들이 마구 브루노의 뇌 속으로 들이닥쳤다. 물론 브루노는 비자발적으로 이런 생각을 하는 것이지만 그것에 대한 답을 알 수가 없었다.

"나는 모른다. 내가 그것을 어떻게 알겠는가? 내가 철학자인가? 학자인가? 신인가? 그것을 알 수가 없다. 인생의 근본 문제는 모르겠다. 이 문제는 신만이 알고 풀 수가 있을 것이다."

브루노는 고개를 절레절레 흔들면서 이렇게 속으로 떠들어댔다.
그렇게 독백을 하고 있을 때 갑자기 어떤 여성의 고운 목소리가 들려왔다.

"무얼 생각하시기에 그렇게 고개를 흔드시나요?"

눈이 부실 듯한 외모와 빼어난 몸매의 소유자인 한 여성이 브루노 앞에 서서 이렇게 물었다. 순간적으로 그녀의 미모에 혼을 빼앗길 것만 같았지만 여성이라는 존재 자체가 두려운 브루노는 마음을 잡고 이렇게 말했다.

"그냥 여러 가지 생각하고 있었어요. 저를 그냥 두세요."
"제가 어찌하려고 하는 것은 아니고 그냥 물어본 거예요. 신기해서요. 고개를 흔드는 게 재밌기도 하고요."

여성의 목소리에는 신비함과 궁금함이 섞여 있었다.

"머가 그리 재밌나요? 저는 심각한데…."

깊은 한숨을 쉰 브루노는 의기소침해 보였다.

"무엇이 그리 심각하시나요? 젊으신 것 같은데요. 앞으로 앞날이 창창하신데요. 삶을 즐겨야죠. 카르페디엠이잖아요. 현재를 즐겨라. 호호."

여성은 말괄량이처럼 명랑했다.

"성격이 외모만큼 밝으신 분이군요. 이름이 어떻게 되시나요? 저는 브루노라고 합니다."

순간 그 여성에게 관심이 생긴 브루노가 이름을 물었다.

"저는 루나라고 해요. 반가워요. 그런데 얼굴에 무얼 그리 감으셨나요. 얼굴을 못 보겠네요. 죄라도 지으셨나요? 혹시 감옥에서 탈출하셨나요?"

루나의 얼굴에는 이미 장난기와 웃음이 배어 있었다.

"농담은 그만 좀 하세요. 나름대로 사정이 있어서 그런 거예요."

얼굴에 근심 있는 표정의 브루노는 다시 심각해졌다.

"무슨 사정이신가요? 혹시 얼굴에 화상을 당하셨나요? 그래서 흉측해서 그러시는 건가요?"

루나가 약간 심각한 어조로 물었다.

"아니에요. 루나 씨는 왜 이리 궁금한 것이 많죠? 좀 말이 많으시군요. 물론 여자는 말이 많은 존재이지만요."

순간 브루노는 모든 것이 귀찮아졌다.

"여자가 꼭 말이 많은 존재는 아니에요. 때로는 남자도 말이 많은 경우가 많죠. 물론 일반적으로는 여자가 말이 많기는 하지요."

루나는 자신도 모르게 여성을 방어했다. 역시 루나 자신이 여성임을 부인할 수가 없었다.

"여자는 감성적이고 남자는 이성적이죠. 그리고 여자는 언어능력이 남성에 비해서는 훨씬 높은 것은 사실이에요. 그리고 여자는 촉이 발달해 있죠. 여자의 육감이 무섭잖아요. 루나 씨의 육감으로 제가 왜 이렇게 얼굴을 가리는지 밝혀보세요. 여자에게서 피하려는 실연당한 남자일지도 모르잖아요. 하하."

브루노는 이상하게 이 여자를 만나서 유쾌해졌다. 우울한 성격의 자신의 과거를 생각해볼 때는 상당히 괴상한 일이었다.

"제가 무슨 점성가나 예언가인가요. 그걸 어찌 알아요. 여자의 육감
도 서로를 잘 아는 상태에서나 가능하답니다. 브루노 씨와 저는 지금
처음 만났는걸요. 서로에 대해서 아는 것이 전혀 없어요."

루나가 황당한 표정을 지었다.

"그럼 이렇게 만난 것도 인연인데 서로에 대해서 알아보면 되죠."

브루노는 왠지 이 여자에게 끌리는지 소극적인 태도를 버리고 적극
적인 자세가 되었다.

"그럴까요. 저도 혼자서 강변을 걸으면서 여러 가지 생각을 하면서
심심하던 차였거든요. 어디 사시나요?"
"프라하성 근처라고 보시면 돼요."
"그러세요? 저도 그 근처인데. 우연치고는 필연 같은 인연이고 이웃
이군요."

루나는 보기보다 적극적이고 긍정적인 성격의 여성이었다. 그리고

하나님을 잘 믿는 기독교적인 세계관을 가지고 있는 기도하는 여인이었다. 루나가 하나님을 만나게 된 것은 사실 극적인 사연이 있었다.

"루나 씨도 거기 사시나요? 이렇게 이웃을 만나다니 더 반갑군요."

브루노는 왠지 루나가 더 친근해졌다.

"많은 사람이 그쪽에 사니 그럴 수도 있겠죠. 그럼 저에 관해서 물어보시겠어요?"
"결혼은 하셨나요?"
"아니요. 미혼이에요."
"결혼을 왜 안 하셨죠?"
"그거야. 아직 나이도 어리고 상대도 없고요. 그러는 브루노 씨는 결혼하셨나요?"

루나의 얼굴에는 궁금증이 가득했다.

"아니요. 저도 미혼입니다."
"그런데 왜 그리 결혼에 관해서 물어보시나요? 브루노 씨는 왜 결혼 안 하셨나요?"

"저도 루나 씨와 비슷한 이유예요. 물론 다른 이유도 한 가지가 더 있지만 그건 비밀이에요."

브루노는 더는 말해주기가 싫었다.

"이렇게 처음부터 비밀로 하시면 서로에 대해서 알아가기 힘들 거예요."

루나가 백옥 같은 손을 흔들며 하얀 미소를 지으면서 말했다.

"그 한 가지 비밀 외에는 무엇이든지 이야기할 테니 걱정하지 마세요. 무슨 일을 하시나요?"

브루노는 루나에 대해서 좀 더 알고 싶었다. 사실 브루노도 친구가 없이 혼자서 지내다 보니 상당히 외로운 상태였다. 이제는 어떤 사람이든지 이성 친구를 꼭 만나고 싶었다. 단지 얼굴을 가리고 만나야 한다는 것은 불편했지만 그래도 대화라는 것을 하고 싶었다. 꼭 육체적인 것이 아니더라도 그저 대화 상대라도 필요했다.

"저는 꽃집에서 일해요. 늘 꽃과 함께 지내니 참 좋아요."

성격 자체가 꽃밭인 것만 같은 루나가 상쾌하게 말했다.

"좋으시겠네요. 루나 씨와 꽃을 구분하기 힘들겠네요. 루나 씨도 꽃 중의 하나이니까요."

브루노가 여유 있게 이런 농담을 했다.

"호호. 브루노 씨는 썰렁한 농담도 잘하시는군요. 나름 분위기도 잘 잡으시네요. 브루노 씨는 뭐하시는 분이세요?"

루나는 브루노의 썰렁한 농담도 잘 받아주는 착한 신앙이 깊은 아가 씨였다.

"저는 놀고 있습니다. 아무것도 안 해요."

갑자기 브루노가 시무룩해졌다.

"아무것도 안 하고 먹고 사는 분이 있다니 그것이 더 놀랍네요. 무엇 이라도 하고 싶은 것은 없으세요?"

루나는 브루노가 갑자기 부러워졌다.

"한때는 가수가 꿈이었죠. 그런데 그 꿈을 포기했어요."

브루노는 자신의 원래 꿈마저 이야기할 정도로 루나와 친숙해지고 있었다.

"이유는요?"

루나는 신비한 매력의 소유자인 브루노에게 점점 빨려 들어가는 것만 같았다.

"이유가 있습니다. 그것의 비밀은 제 얼굴에 있어요. 모든 것이 제 얼굴이 원인입니다. 아무 일도 못 하는 원인도 그것입니다. 저는 제 얼굴을 드러내고 살 수 없는 운명입니다. 그러므로 아무것도 못 하는 것입니다."

브루노는 더 참을 수 없다는 듯이 비밀을 실토했다.

"도대체 무슨 비밀인가요? 궁금해서 미치겠어요."

"알겠어요. 말씀해드리죠. 저의 얼굴을 보기만 하면 여자들이 쓰러집니다. 그것이 문제죠. 이것은 농담이 아닙니다. 잘난 척하거나 자랑하려는 것도 절대 아닙니다. 제 얼굴이 잘생겼다는 것도 아닙니다. 그냥 그렇다는 것이고 그것은 사실이기 때문에 말하는 것입니다."

브루노는 언제나처럼 진지했다.

"진짜예요? 농담 마세요. 어떻게 그럴 수가 있나요. 전 믿을 수가 없어요."

루나는 농담하지 말라는 표정을 하며 고개를 절레절레 흔들었다.

"모든 여성의 첫 반응이 루나 씨와 같았어요. 그리고 결국 그들은 저의 얼굴을 보고 쓰러지고 말았죠. 루나 씨에게만은 절대로 같은 일을 반복하고 싶지가 않군요. 저의 얼굴을 절대로 보지 않겠다고만 약속해준다면 루나 씨와는 친구가 되고 싶군요. 이상하게 루나 씨는 친근감이 느껴지니까요. 이것이 운명일까요?"

브루노 인생에서 처음으로 여성에게 용기를 내보았다.

"호호, 작업치고는 진부하시네요. 하지만 브루노 님의 신비한 얼굴 이야기를 들으니 친구가 되고 싶어졌어요. 당신을 좀 더 알고 싶어졌거든요."

루나도 재미있는 브루노를 좀 더 알고 싶어졌다.

"그냥 친구가 되자는 거예요. 여자 친구나 애인 말고요. 오해는 말아주세요. 저는 친구가 하나도 없거든요. 외톨이죠. 얼굴 때문에 이렇게 되었어요. 그 덕에 예전에 밝았던 성격도 망가졌고요. 얼굴 때문에 외향적인 성격이 완전히 내성적인 성격이 되었어요. 물론 사람들은 양면적인 성격을 지니고 있겠죠. 루나 씨는 외향적인 성격이니까 저의 내성적인 성격을 좀 보완해줄 수 있을 거 같아 좋아요. 저와 그저 말동무가 되어주세요. 전 요즘 은둔하면서 외롭거든요. 집도 가까우니 가끔 만나서 차 마시면서 이야기나 하죠."

브루노의 마음은 점차 열리고 있었다.

"그래요 그럼. 저는 저녁 8시에 퇴근해요. 주말에는 물론 쉬고요. 평일 저녁 8시 이후나 주말에는 만나실 수 있을 거예요. 저도 말벗이 없었으니 반갑네요. 이쪽으로 전화해주시면 돼요."

루나는 멋지게 종이에 자신의 이름과 전화번호를 적어 브루노에게 건네주었다. 그리고 둘은 인사하고 다음을 기약하며 헤어졌다.

　버드나무 가지가 흩어져 있는 숲이 장관을 이루고 있고 따사로운 햇살이 사람의 내면을 뜨겁게 달구고 있는 며칠 후 오후에 브루노와 루나는 만났다. 두 번째 만남이었지만 이미 서로에게 친숙해져 있는 그들은 많이 닮아 있었다.

　연인과 부부는 닮은 사람들이 만난다고 했는가? 외모뿐 아니라 성격, 취미 등 어느 면에서 닮아 있는 경우가 천생연분이 될 확률이 높은 것이다. 너무 다르면 그 다름의 틈을 절대로 좁힐 수가 없을 것이다. 두 사람은 닮아도 너무 닮아 있었다. 단지 브루노가 얼굴을 숨기고 있고 루나는 민얼굴을 드러내고 있다는 것만 다르고 많은 부분이 그들은 닮아 있었다.

　남녀의 조화라는 것은 닮음에서 시작하고 닮음에서 끝난다고 해도 과언이 아니다. 부부는 죽을 때까지 닮다가 죽는 것이다. 물론 다른 환경에서 자라고 교육과 모든 것이 다른 남녀가 백 퍼센트 닮을 수 있는 커플은 없을 것이다. 하지만 최대한 닮다가 아니 닮으려고 노력하다가 죽는 것이 남녀 관계일 것이다. 두 사람은 이미 많이 닮았으니 앞으로가 기대되는 일이었다.

"좀 춥지 않나요?"

브루노가 부드러운 시선으로 루나를 쳐다보았다.

"괜찮아요. 오늘 두 번째 만나는데 왠지 브루노 씨를 한 일 년은 만난 것 같은 이 기분은 왜 그런지 모르겠네요."
"루나 씨도 그런가요? 저도 그렇게 느끼고 있었는데요. 역시 우리는 무언가 처음부터 통하는 게 있었군요. 아무래도 성격 부분이 서로 맞는 거 같아요. 저도 알 수 없는 부분에서 루나 씨와 맞는 거 같아요. 마치 안 끼워진 퍼즐을 서로 맞춘 것만 같네요."

브루노가 신기한 표정을 지었다.

"만난 지도 얼마 안 되었는데 신기한 일이에요. 이제 이렇게 가까워진 기분이니 얼굴 좀 보여주세요."

루나가 또 얼굴 이야기로 화제를 돌렸다.

"얼굴 이야기만은 하지 않기로 했잖아요. 그것만 아니면 우린 행복해질 수 있을 것만 같아요. 와, 저기 이쁜 꽃이 있네요. 하나 꺾어줄게요. 코스모스네요."

말을 돌린 브루노는 코스모스 몇 개를 꺾어서 루나에게 주었다.

"이쁘네요."

환한 표정의 루나가 꽃을 받아들고 기뻐했다.

"이렇게 두 번째 루나 씨를 보니 이제는 루나 씨를 사귀고 싶어지네요. 친구가 아닌 이성으로서요. 가능할까요?"

이미 루나에게 반한 브루노가 대담하게 말했다.

"글쎄요. 남녀 간에 있어서 친구는 쉽지 않다고 생각하는 편이니 가능하겠죠. 저도 브루노 씨를 만나고 싶거든요."

약간 수줍게 루나가 말했다.

"잘됐어요. 거의 몇 년을 혼자서 지냈는데 이제는 행복한 나날이 되겠어요."

이렇게 말하는 브루노는 세상을 다 가진 것처럼 행복해 보였다.

"얼마나 혼자였는데요?"
"한 3년은 된 거 같아요."
"그렇게 오랫동안요? 왜요?"
"그렇게 돼버렸네요. 어쩌면 루나 씨를 만나려고 그랬나 보죠."

이렇게 말하며 브루노는 활짝 웃었다.

"농담 마세요."

꽃과 같이 이쁜 루나가 환하게 웃었다.

브루노가 오른손으로 루나의 왼손을 확 잡았다. 루나의 손은 여성의 손이라서 그런지 무척 촉촉하고 부드러웠다. 루나는 부끄러운지 얼굴이 약간 붉어졌다. 브루노는 여자 친구가 생긴 것에 대해서 너무 자신이 대견해졌다. 행복했고 행복했다. 하늘로 날아갈 것만 같은 브루노의 지금 마음을 아는 사람은 없을 것이었다. 세상을 다 가진 것만 같았다. 사랑은 무기보다 강하고 어쩌면 어떤 것보다도 강한 것이었다. 사람은 삶을 살기 위해서도 이 세상에 왔지만, 사랑을 위해서 이 세상에 왔는지도 모른다. 사람이 태어나서 몇 번 동안 사랑을 하게 될 것인지 개인마다 다르겠지만 그 몇 번의 사랑을 위해서 이 세상에 태어났다고 생각한다면 사랑은 소중한 것이다.

사람이 먹기 위해서 태어났다고 하면 얼마나 허무할 것인가? 사람이 일하기 위해서만 태어났다고 하면 얼마나 힘들 것인가? 사람은 사랑을 하기 위해서 태어난 것이다.

행복하다 못해 만개가 된 꽃과 같이 웃는 얼굴의 브루노는 아이처럼 팔짝팔짝 루나 앞에서 뛰어올랐다. 그 모습을 본 루나가 까르르하고 웃었다. 루나도 브루노의 기쁨의 기를 받았는지 온몸에 기쁨의 기운이 피어올랐다. 브루노가 갑자기 큰 소리로 외쳤다.

"루나를 만난 것은 내 인생에서 가장 소중하고 행복한 때가 될 거 같아. 그대는 나의 운명이고 너는 나의 사랑이야. 만난 지는 얼마 안 됐지만 난 그렇게 느껴져. 어차피 운명은 정해져 있는 거야. 남녀의 사랑은 정해져 있는 거야. 당신이 내 인생에 들어온 것은 나의 기쁨이고 환희야. 당신을 만난 것은 내 인생에서 가장 큰 행운이야. 앞으로 나는 루나와 계속 함께할 것이고 그것이 천국까지 이어졌으면 좋겠어. 현세에는 머리가 백발이 되도록 사랑하고 천국에 가서는 주님을 영원히 찬양하면서 함께 지내면 좋겠어. 그것이 나의 바람이고 꿈이야."

이렇게 말하면서 브루노가 루나를 세상이 반쪽이라도 날 듯이 강하게 껴안았다. 마치 루나만은 자신을 외면하지 않을 단 하나의 여자가 되어야 한다고 자기최면을 걸듯이 그렇게 안고 또 안았다.

루나도 그런 브루노가 싫지 않았다. 왠지 이 남자의 향기는 자신의 내면에 있는 불안의 악취 같은 것을 없애주는 것만 같았다. 브루노를 만나면 만날수록 내면에서 향기로운 꽃이 피어오르는 것이었다.

루나는 이것이 사랑의 싹이라고 생각했고 그렇게 믿고 싶었다. 단 두 번밖에 만나지 않은 남녀 안에서 사랑이 생기다니 이것은 어쩌면 기적이고 남녀 안에서만 일어날 수 있는 신비이자 조화였다.

"루나 씨, 저의 집 구경할래요? 여기서 가까운데요. 가서 차나 한잔하죠."

브루노가 루나에게 이렇게 권했다.

"집이 여기서 가깝나요? 그래요. 저는 재스민 차를 좋아하는 데 혹시 있나요?"

루나는 이미 정신 못 차리며 브루노를 쳐다보고 있었다.

"있습니다. 우리 집에는 먹을 종류는 거의 없어도 차 종류는 많아요. 한 30종류는 넘을 거예요. 제가 차를 좋아해서 많이 모아놓고 마시는 편이거든요. 갑시다."

신난 브루노가 앞장섰다.

브루노의 집은 푸른색 문과 검은색 벽으로 되어 있어서 확 눈에 들어오는 건물이었다.

"들어오세요. 저는 3층에 살고 있어요. 저뿐만 아니라 이 건물에는 많은 사람이 살고 있어요. 올라갑시다."

3층으로 올라간 루나는 천천히 방 안으로 들어섰다. 방은 하나이고 화장실이 하나인 좁은 공간이었다. 하지만 남자답지 않게 브루노는 방을 깨끗하게 쓰고 있었다. 책상 하나와 하얀 시트가 놓여 있는 일인용처럼 보이는 침대 하나가 있었다.

"재스민 차 끓여 올 테니까 잠시만 기다리세요."

브루노가 흐뭇한 미소를 지었다.

"예."

루나가 침대에 앉으며 차분하게 대답했다.

브루노가 차를 루나의 옆에 두고 곁에 다정하게 앉았다. 둘은 차를 마시며 즐거워하며 담소를 나누었다.

"루나가 가장 좋아하는 취미는 뭐야?"

브루노가 루나를 그윽이 쳐다보면서 이렇게 물었다.

"전 피아노를 가끔 쳐요. 흥에 겨워지면 막 노래도 부르고요."

그랬다. 루나는 음악을 상당히 좋아하는 처녀다. 재즈도 좋아하고 가스펠도 좋아했다. 특히 루나는 재즈의 3대 디바인 엘라 피츠제럴드 와 빌리 홀리데이와 세라 본을 좋아했다. 루나는 그녀들의 음악을 듣 는 것과 피아노로 연주하는 것을 좋아했다. 그리고 주님을 찬양하는 찬송가를 즐겨 부르곤 했다. 또한, 클래식도 좋아했는데 특히 모차르 트를 가장 좋아했다.

"우와. 멋지다. 난 피아노 치는 여자가 좋던데…. 주로 어떤 곡을 연주해?"

브루노는 이미 루나라는 강에 깊이 빠져 있었다.

"모차르트요. 모차르트는 제가 가장 좋아하는 작곡가거든요. 가끔 베토벤과 슈베르트와 쇼팽을 연주할 때도 있어요. 모차르트의 피가로의 결혼을 칠 때면 마치 제가 여주인공인 수산나가 된 거 같은 기분이 들 때가 있어요. 멋진 곡이죠."

음악을 좋아하는 루나는 청산유수였다.

"그럼 지금부터 내 역할이 피가로이군. 결국, 피가로와 수산나는 온갖 역경을 이겨내고 결혼을 하잖아."

브루노도 루나만큼 음악을 좋아하는 청년이었다. 둘은 역시 천생연분이었다.

"어머, 피가로의 결혼에 대해서 잘 아시네요. 지식도 풍부하신 분이시군요. 백수라고 하시고 선요."

루나가 브루노를 살짝 흘겨보면서 입가에는 미소를 띠면서 말했다. 이런 루나의 모습은 마치 천사의 모습이었다. 루나에게 반하지 않을 사내는 없을 것만 같았다.

"백수는 백수인데 공부하는 백수라고 해야 할까. 하하."

브루노가 크게 웃으면서 이렇게 답했다.

"얼굴도 잘생겼을 것 같아요. 한 번 보여주세요."

얼굴에 대한 미련을 못 버린 듯이 루나가 차를 마시면서 눈을 흘겼다.

"그것만은 힘들어. 그래도 내 눈은 보이잖아. 내가 윙크해줄게."

브루노가 오른쪽 눈으로 루나에게 윙크했다.

"어머, 윙크를 잘하시네요. 호호호."

윙크를 받은 루나가 기분이 좋아졌는지 손사래를 쳤다.

"윙크를 좋아하네."

이렇게 말하면서 브루노는 루나의 개미와 같이 가느다란 허리를 오른손으로 잡았다.

"지금은 낮인데요? 이러시면 안 돼요."

루나의 얼굴은 홍당무가 되었다.

"사랑하는 데에 낮과 밤이 어디 있어. 그것은 인간이 만들어놓은 시간관념일 뿐이야. 사랑 관념은 언제나야."

이러면서 브루노는 루나의 붉은 입술을 훔치고 사랑의 판타지 속으로 들어갔다.

둘은 사랑의 행위 속에서 새로운 세계를 구경했다. 둘은 마치 그 세계로 처음 들어가는 사람 같았다. 물론 둘은 첫 경험은 아니었지만 둘 다 한 번도 경험하지 못한 것을 배운 듯했다. 사랑 행위가 끝난 후에 브루노는 루나를 폭 감싸 안아주었다.
브루노는 이미 루나에게 푹 빠져 있었다. 물론 얼굴은 천천히 가리고 있었다. 그것만은 비밀로 하고 싶었다. 사랑하는 루나까지 기절시키고 싶지 않았다. 그냥 서로 행복하면 그만이었다. 자신은 행복했으나 루나도 행복한지 궁금해졌다.

"나를 만나서 행복해?"
"행복해요. 근데 왜 물으세요? 저의 표정을 보시면 알잖아요."

루나는 세상에서 가장 행복한 모습을 했다. 입가에는 꽃을 머금은 듯한 웃음이 끊이지를 않았다. 볼은 붉어 있었고 눈은 크게 뜨고 반짝거렸다. 세상에서 이렇게 행복한 모습의 여인은 다시없을 것이라고 루나는 스스로 생각하고 있었다.

"저 가봐야 해요. 내일 저녁에 보도록 해요. 강으로 나오세요. 거기서 우리 산책해요. 전 산책이 좋더라고요. 낭만적이고요."

행복한 모습의 루나가 옷을 입고 문을 나서면서 말했다.

"그래. 내일 거기서 봐."

다음 날 몰다우강은 푸른색 같기도 하고 초록빛을 내기도 하면서 마치 인생처럼 흐르고 있었다. 햇빛이 강에 내리쬐어서 강은 형형색색으로 변화되고 있었다. 하얀 구름은 한 마리 양의 모양을 하고 있었고 푸른색의 하늘은 너무 밝아서 사람의 마음을 시원하게 해주는 무엇이 있었다.

바람의 신은 사람을 하늘로 산 채로 그대로 올릴 듯한 기세로 쌩쌩 불고 있었다. 이때 운명의 사랑을 하고 있는 듯한 기분에 사로잡혀 있는 두 사람이 반듯한 도로를 천천히 걷고 있었다.

"오늘 날씨가 참 좋네요."

무엇에 취한 듯한 표정의 루나가 먼저 입을 열었다.

"그러네요. 하늘과 강과 바람과 햇빛의 조화가 기가 막히네요."

브루노는 자연의 경이 앞에서 작은 존재처럼 보였다.

"우리의 삶도 이렇게 좋은 날씨만 있으면 좋겠어요. 삶은 왜 좋은 일만 있지 않는 걸까요?"

루나는 이것이 늘 궁금했다.

"그러니까 삶이겠죠. 만약에 좋은 일만 있다면 어쩌면 재미가 없겠죠. 자신이 원하는 대로만 삶이 움직여준다면 좋기도 하겠지만 뻔한 인생이 되잖아요. 그래서 삶에는 굴곡이 있는 거 같아요."

삶의 의미를 많이 깨달은 듯한 표정의 브루노가 말했다.

"그렇겠죠. 남자나 여자나 마찬가지겠지요."
"남녀뿐 아니라 남녀노소 마찬가지일 거예요. 삶은 어쩌면 비극을 숨기고 있는 희극이겠죠. 희극인 거 같으면서도 비극이니까요."

브루노는 마치 인생을 달관한 듯한 표정이었다.

"그럴까요? 반대가 될지도 모르죠. 긍정적으로 보면요."

루나는 항상 긍정적인 마음의 소유자였고 특히 하나님을 신실하게 믿는 크리스천이었다.

"그럴 수도 있겠죠. 하지만 사랑도 결국 이별을 동반한 거잖아요."

브루노가 약간 심각한 어조로 말했다.

"꼭 사랑이 이별을 위한 것은 아니죠. 사랑의 완성도 있잖아요. 죽을 때까지 사이좋게 사는 연인과 부부도 많으니까요. 전 그런 사랑을 하고 싶어요. 비극적인 사랑은 싫어요. 브루노 씨와 저는 그런 사랑을 할 거예요. 영원히 변치 않는 다이아몬드와 같은 사랑이요. 그러기 위해서 우리가 이렇게 만났고 지금, 이 순간 함께 있는 것이죠. 저는 그것을 지금 믿고 있고 반드시 그렇게 될 거라고 앞으로도 믿어요."

순진한 마음을 가지고 있는 루나가 말했다.

"물론 저도 희극적인 사랑을 원하죠. 저라고 페시미즘을 신봉하는 사람은 아니니까요. 저 그렇게 부정적인 사람은 아닙니다. 오해 마세요. 그렇다고 말한 것뿐이에요. 저도 사실 루나 씨처럼 하나님을 믿는 크리스천입니다. 우린 그것도 공통점이 있네요. 하나님께서 저를 축복하셔서 루나 씨처럼 이쁘고 신실한 자매를 만나게 하신 것 같아요.
마치 칼뱅의 예정론이 저의 삶에 이루어진 것만 같아요. 아니 주님의 예정하심이 우리를 이렇게 엮은 것만 같아요. 정말로 행복하고 좋아요. 주님은 저의 삶에 항상 기적과 역사를 이루어주시니까요."

이렇게 말한 브루노가 갑자기 빙그레 웃었다.

"맞아요. 브루노 님은 긍정적이고 외향적이고 좋은 사람 같아요. 저는 그렇게 느끼고 있어요. 그리고 주님을 잘 믿는 신실한 형제니까 왠지 더 신뢰와 믿음이 가요. 우리가 만난 것은 주님의 인도하심이겠죠."

이렇게 말하면서 루나가 브루노의 팔짱을 꼈다.

"이렇게 팔짱을 끼고 강변을 걸으니까 꽤 낭만적이네요. 예전엔 이런 기분은 거의 없었던 거 같아요. 전 여자 친구하고도 아니 평생에 강변을 걸으면서 여자하고 팔짱을 끼고 걸은 적은 없었어요."

브루노가 흐뭇해진 표정을 지으며 말했다.

"저도 처음이에요. 사실 이런 거 하고 싶었어요. 그런데 전 남자 친구들은 대부분 낭만을 모르고 무뚝뚝한 사람들이었어요. 그래서 남자 친구를 다시 만나면 이것을 꼭 해보고 싶었어요. 그래서 사실 강변에서 만나자고 한 거예요."

루나가 어린아이처럼 천진난만한 웃음을 지었다.

"그랬군요. 전 루나 씨의 웃는 모습이 너무 좋아요. 마치 천사의 웃음이라고나 할까요? 루나 씨는 천사의 모습을 닮았어요. 루나 씨는 혹시 천사가 아닐까요?"

브루노의 눈은 이미 콩깍지가 씐 듯했다.

"절대 아니에요. 저한테 반하셨군요. 제가 좀 이쁘긴 하죠. 학교 다닐 때도 인기가 많았어요. 따라다니는 남자가 좀 많았죠. 앞으로 저한테 잘하세요."

루나의 표정은 장난기가 발동하고 있었다.

"그럼 우리는 공통점이 많군요. 전 따라다니는 여자가 많았는데요. 역시 루나 씨하고 저는 통하는 점이 있어요. 인연은 운명이고 인연과 운명은 공통점에서 시작하는 것 같아요. 그렇지 않나요?"

브루노는 마냥 행복해 보였다.

"공통점이 많아야 아무래도 편하겠죠. 남녀 관계는 특히 그래야 맞을 거 같아요. 차이점이 많으면 싸움만 하다가 헤어지겠죠."

그때 개구쟁이처럼 생기고 귀여운 독일 개 슈나우저가 루나 앞으로 마치 주인을 찾듯이 뛰어왔다.

"어머, 귀여운 개네."

루나가 슈나우저의 머리를 손으로 쓰다듬으며 좋아했다.

"슈나우저라는 독일 개죠. 아주 귀여운 개예요. 저도 좋아하는 개죠. 그런데 주인은 어딨지? 혹시 길을 잃은 개인가?"

브루노는 동물을 사랑하는 청년이었다.

"글쎄요. 아 저기 한 아주머니가 오시는데요."

키가 크고 몸집도 약간 뚱뚱하고 금발의 아줌마가 그들 곁으로 다가왔다.

"아기야 이쪽으로 와라. 사람들을 괴롭히면 못써."
"괴롭힌 것은 없어요. 아주 귀여운걸요."

루나가 의문의 아줌마에게 말했다.

"그래도 두 분이 산책하시는데 괜히 방해만 된 것 같아서요. 물지는 않으니까 걱정 마세요."

"귀엽네요. 껑충껑충 뛰고요. 저도 저런 강아지 키우고 싶네요."

브루노가 옆에서 거들었다.

"키우세요. 삶에 활력소를 강아지가 주는 거 같아 좋아요. 가끔 혼자서 산책할 때는 개를 데리고 나오죠. 그러면 외롭지 않게 산책도 할 수 있어 좋아요. 개는 결국은 또 하나의 가족인 거 같아요."

그녀가 방긋 웃으면서 말했다.

"브루노 씨도 한번 키워봐요. 혼자 사시니까 정서에 좋을 거 같네요."

루나가 브루노를 슬며시 쳐다보며 미소를 지었다.

"그럴까? 한번 생각해볼게요."

"저는 두 분이 같이 사는 줄 알았어요. 요즘은 꼭 부부가 아니라 해

도 동거를 많이 하니까요. 한번 같이 살아보세요. 좋은 점이 많을걸
요. 그럼 이만 가볼게요."

아줌마는 마지막 이 말을 던지고는 개와 함께 사라졌다.

"동거라…. 괜찮은데…. 루나 씨 우리 진짜 함께 살까요? 내 방에서
살면 어때요?"

브루노가 이렇게 갑자기 제안했다.

"글쎄요. 너무 갑작스러워서요. 한번 생각해볼게요. 함께 사는 것도
나쁘지는 않겠네요. 매일 만나는 것도 좋지만 함께 살면 그럴 필요가
없잖아요. 하나님은 혼자 사는 것보다 둘이 살면서 외로움을 달래라
고 하실 거예요. 물론 둘이 잘 맞는 짝일 경우에요. 하나님은 이미 짝
을 정해놓으셨죠."
"그렇죠. 꼭 교회에 가야 구원을 받는 것은 아니고 마음속에 주님이
있는 것이 중요하다고 봐요. 맞아요. 이미 하나님은 짝을 정해두셨죠.
마치 루나 씨와 저처럼요. 그리고 한번 생각해봐요. 제가 잘해줄게요.
저 요리도 잘하고 청소도 잘해요. 루나 씨가 와서 할 것은 별로 없을
거예요. 편안하게 와서 함께 생활해요. 전 루나 씨가 오면 외롭지 않

아 좋을 거 같아요. 사실 밤마다 외로웠거든요. 남자 혼자 산다는 건 힘든 일 같아요. 물론 여자도 마찬가지겠죠. 특히 아플 때 혼자 산다는 것이 가장 서러운 일인 거 같아요."

둘은 장단이 잘 맞았다. 한 명의 생각은 마치 다른 한 명의 생각인 듯했다. 둘은 마치 쌍둥이 같았다. 그만큼 잘 어울리고 맞는 커플이었다.

"그건 여자도 마찬가지예요. 감기에 걸리면 누구한테 하소연도 못하죠. 남자 친구가 옆에 있으면 챙겨주니 좋을 거 같아요. 약도 사다주고 간호도 해주고요. 물론 남자 친구가 아프면 제가 그렇게 하면 되죠. 알겠어요. 그럼 우리 함께 살아요. 이번 주에는 제가 바빠서 짐을 옮길 수 없으니까 다음 주쯤에 갈게요."

루나는 이제는 브루노 없이는 살 수 없을 것만 같았다. 브루노가 원하는 것이라면 루나는 모든 것을 해주고 싶었다. 그가 같이 살자면 살고 함께 외국에 가자고 해도 가고 싶었다. 아니 무인도에 가서 둘만 살자고 해도 따라갈 기세였다.

"너무 잘됐어요. 전 이제 불행한 남자에서 행복한 남자가 됐어요. 오랫동안 꿈꾸어왔던 꿈 중의 하나가 이제야 비로소 이루어지는 느낌이에요. 사랑하는 여자와 한방에서 산다는 것은 생각만 해도 꿈만 같아요."

브루노는 한껏 고조되어 있었다.

"저도 동거는 처음이라 기대가 되네요. 행복할 거 같아요."

브루노가 루나를 꼭 끌어안고 마치 사랑을 확인하듯이 그녀의 입술에 키스했다. 그리고 둘은 영원히 하나가 될 것을 그들의 체온으로 느끼고 있었다. 브루노의 영혼은 루나의 영혼으로 젖어들고 있었고 루나의 영혼에는 브루노의 영혼이 물이 스며들듯이 흐르고 있었다.

다음 주가 되고 루나는 짐을 싸서 브루노의 방으로 드디어 왔다. 루나의 표정은 역시 세상에서 가장 행복한 공주님 같아 보였다.

"이 방에 다시 오니 좋네요. 왠지 마음에 드는 방이에요."

약간 부끄러워하면서 루나가 말했다.

"그래요? 잘됐네요. 전 루나 씨가 이 방이 마음에 들지 않으면 어쩌나 하고 많이 걱정했거든요. 짐 풀고 쉬고 있어요. 루나 씨 좋아하는 재스민 차 가져올게요. 우리 집에 오신 것을 환영해요.”

브루노의 입가에는 마치 꽃이 활짝 피듯이 밝은 미소가 어렸다.

“저도 좋아요. 좋아하는 사람하고 함께 지낸다고 생각하니 꿈만 같네요. 제가 앞으로 잘해줄 거예요.”

루나의 입가에서 행복의 향기가 뿜어져나오고 있었다. 루나도 사실 많이 외로운 상태였는데 브루노가 나타나서 여간 행복한 것이 아니었다.

“세상 살다 보니 이렇게 좋은 일도 있군요. 저에겐 매일 안 좋은 일만 있을 줄 알았는데 그건 아니네요. 삶은 끝까지 살아봐야 알겠어요. 삶이 고난이고 삶에는 쓴맛만 있는 것 같지만 사실 인생은 비터스위트(bittersweet)죠. 쓴맛도 있지만, 단맛도 있는 그런 거요. 이제 저의 인생에 있어서 쓴맛은 루나 씨 때문에 다 사라지고 단맛만 있을 거 같은 기분이에요. 정말 행복하네요.”

브루노가 농담 같은 말을 던졌다.

"그런 말씀 마세요. 이 일은 저에게 좋은 일이니까요. 아니 우리 두 사람 모두의 행복에 좋은 것이겠죠."

이렇게 말하는 루나의 볼은 살짝 붉어졌다.

"정말 오늘 우리 와인 한잔해야겠어요. 아무래도 첫날이니 축하해야죠. 어떤 와인 좋아하세요? 프랑스? 이탈리아? 칠레?"

브루노는 루나에게 뭐라도 해주고 싶었다. 아니 본인도 이날을 축하하고 싶었다.

"포도주도 많이 아시나 봐요. 전 와인은 잘 몰라서요. 아무거나 주세요."

와인은 잘 마셔본 적이 없는 루나가 말했다.

"그래요. 그럼 아무래도 와인의 전통 고장인 프랑스의 보르도 지방 와인이 좋겠네요. 가져올게요."

환한 표정의 브루노는 신나 있었다.

브루노가 포도주를 가져와서 잔에 따르고 두 사람은 건배했다. 그리고 굉장히 야릇한 분위기에 휩싸였다.

"루나 씨? 혹시 아이스와인 아시나요?"

평소에 와인 마니아인 브루노가 그윽이 루나의 크고 맑은 눈을 쳐다보면서 물었다.

"아이스와인이요? 레드와인과 화이트와인은 알지만 그건 처음 듣는데요."

와인에 대해서 문외한인 루나는 난생처음 듣는 와인이었다.

"아, 아이스와인은 굉장히 달콤한 맛을 내는 와인이에요. 백포도를 많이 얼려서 만들면 당도가 엄청 높아져요. 아이스와인 정말 맛있어요. 특히 캐나다산이 별미죠. 제가 좋아하는 와인이에요. 주로 연인끼리 마시고 청혼할 때 마시는 와인이죠."

브루노가 주저리주저리 설명했다.

"그래요. 저도 마시고 싶네요."

갑자기 그 와인에 흥미를 느낀 루나가 말했다.

"지금은 없으니 나중에 같이 마셔요."

둘은 레드와인과 화이트와인을 거하게 마시고 취했는지 자연스럽게 서로의 어깨를 맞대고 앉아서 서로의 눈을 쳐다봤다. 루나의 파란 눈 안에는 브루노의 잘생긴 얼굴상이 맺히고 브루노의 파란 눈 안에는 눈이 부시도록 아름다운 루나의 얼굴과 몸매가 들어왔다.

브루노는 그녀의 매력에 매료되었는지 그녀에게 키스하고 그녀의 몸을 천천히 어루만지며 더듬었다. 그리고 그날 밤 둘은 어느 날보다도 뜨거운 밤을 보내게 되었다. 둘의 사랑과 하나 됨은 이 세상에서 남녀가 하나 된다는 것이 얼마나 신의 아름다운 섭리인지를 보여주는 것만 같았다. 둘은 원래 둘이 아닌 하나였던 것처럼 자연스러운 하나가 되었다. 둘은 서로를 여태까지 못 만난 것이 후회라도 된다는 듯이 서로를 갈구하고 또 갈구했다.

둘은 이제 그야말로 하나의 생활을 했다. 둘이 따로따로 생활한 것은 독립적인 생활이었지만 이제 하나가 아닌 둘이 하는 생활이었다.

부부가 된다는 것은 생활을 함께한다는 것이고 그 생활은 때로는 엇박자가 일어나서 힘들어지기도 한다.

하지만 두 사람의 생활은 마치 톱니바퀴가 맞물리듯이 정확하고 조화롭고 신비롭게 잘 굴러가고 있었다. 이렇게 잘 맞게 생활하는 연인이나 부부도 세상에 드물 것 같았다. 둘은 마치 이 세상에 모든 사람이 없어지고 지구에 둘만 남은 최종 사람인 것과 같이 생활하고 있었다. 둘의 조화는 천생연분이고 꾀꼬리의 암수와 같았다.

"브루노 씨와 생활하고 나니 제 삶이 더 윤택해진 거 같아요. 정서적으로도 생활적으로도요. 고마워요. 저와 함께 해주어서요. 앞으로도 계속 우리 함께하고 행복하게 지내요."

사랑스러운 모습의 루나는 진심이었다.

"저도 루나 씨를 만난 것은 제 일생일대의 가장 큰 행복이에요. 삶은 힘들지만 때로 삶 속에 기쁨이 있잖아요. 그 기쁨이 바로 루나 씨예요. 이런 행운을 준 하늘에 감사할 수밖에 없어요. 사실 우리처럼 성격적으로 성적으로 잘 맞는 커플도 없을 거 같아요. 하하."

밝은 표정의 브루노가 갑자기 박장대소했다.

"저도 이전에 경험해보지 못한 신비한 세계예요. 이제야 어린아이에서 성숙한 어른의 세계로 나온 것만 같아요. 브루노 씨가 그 안내인이 된 것이죠. 저를 어린아이 상태에서 벗어나게 해준 거예요."

얼굴이 약간 빨개진 루나가 큰 눈을 깜박거렸다.

"그건 저도 마찬가지예요. 사랑은 사람을 성숙하게 만드는 것 같아요. 어른들이 사랑을 제대로 할 수가 있죠. 사실 어린아이들도 사랑할 수는 있지만 그건 불장난에 불과해요. 하지만 루나 씨와 저의 사랑은 불장난을 넘어선 성숙한 사랑이죠. 이 성숙한 사랑으로 우린 서로 한 단계 더 나아가게 된 거예요. 이것이 바로 사랑의 위대함이겠죠.
    사랑이라는 단어는 정말 신비한 거 같아요. 사랑이라는 감정을, 사랑이라는 상태를 그 어떤 말로도 잘 표현할 수가 없을 것만 같아요. 사실 이런 감정은 사랑이라는 단어로도 잘 설명할 수가 없죠. 그냥 우리 둘은 하나예요."

브루노는 점점 루나에게 사랑이 깊게 감정이입 되어갔다.

"내일은 쉬는 날이니 우리 샌드위치와 차를 준비해서 집 근처에 있는 숲으로 나들이 나가요. 재미있을 거 같아요."

루나가 이렇게 밝게 제안했다.

"그러죠. 집에만 있으니까 좀 지루했어요. 나들이해요."

브루노도 선뜻 찬성했다.

다음 날 날씨는 그야말로 청청했다. 맑은 날씨일 뿐만 아니라 노란 햇살은 눈이 부시도록 두 사람의 걸음에 축복의 빛을 비추어주고 있었다. 상수리나무의 가지는 신이 난 듯이 춤을 추고 있었고 바람은 기쁨의 입김을 마구 뿜어내고 있었다.

기쁜 소식을 전하려고 하듯이 까치들이 계속해서 울고 있었고 다람 쥐가 꼬리를 치켜들고 빠르게 움직이고 있었다. 두 사람은 오솔길로 들어서서 수많은 나무에 둘러싸여서 신선한 공기의 내음을 가슴으로 흡입하고 있었다. 적당한 곳에 이르러서 두 사람은 나무 밑에 깔 것을 땅에 깔고 거기에 앉았다.

"참으로 아름다운 날이에요. 이런 날에 당신과 함께한다는 것은 삶의 기쁨이자 환희겠죠. 사람이 산다는 것은 바로 이 맛이겠죠. 예전에 산다는 것은 그저 그랬어요. 때로는 사는 것이 무슨 의미일까 생각도 해보았어요. 우리는 그냥 호모사피엔스라는 말하는 동물이 아닐까?

죽으면 끝나는 것이 아닐까? 이런 생각도 많이 했어요. 하지만 산다는 것은 그렇게 허무한 것만은 아닌 거 같아요. 물론 삶 안에 희로애락은 있지만, 주님을 만나고 사랑하는 브루노 씨를 만난 것은 제 인생에 있어서 가장 감동적인 순간이고 기쁨이에요."

감상에 흠뻑 취한 루나가 말했다.

"청춘을 즐겨야죠. 시간은 금방 지나니까요. 우리가 모든 것을 잡을 수는 있겠지만 시간은 못 잡잖아요. 우리 청춘의 가장 좋은 이 시간을 즐겨야죠. 생각보다 청춘의 때는 빨리 지나가니까요. 사람들은 청춘이 영원히 자기 곁에 있을 것처럼 생각하고 본인들은 죽지 않을 거로 생각하고 살지만, 그것은 정말로 어리석은 것이죠. 우리에게는 시간의 한정이 있고 우리도 죽으리라는 것을 자각하고 살아야겠죠. 그것이 어쩌면 삶에 대한 올바른 태도인 거 같아요. 그리고 우리의 기억 속에 이 시간을 집어넣고 노년의 때에 회상하고 추억해야겠죠. 우리가 늙으면 이 추억으로 삶을 살게 되고 죽음도 이 시간으로 이기게 될 거예요. 물론 우리가 현재의 시간을 이기는 길은 주님을 믿고 영원의 시간으로 가는 거죠."

깊은 생각에 잠긴 듯한 브루노도 장광설을 늘어놓았다.

"브루노 씨는 너무 멀리 보시네요. 물론 사람은 다 죽으니까 맞는 말이겠지만 너무 일러요. 우린 아직 젊다고요. 우리의 젊음도 곧 시들겠지만 저는 브루노 씨와 즐거운 한때를 보내고 시들고 싶어요. 우리가 시들어도 우리는 우리의 때를 기억하며 살아가겠죠."

루나가 감상에 젖으며 말했다.

"사람들은 자기만은 늙지 않고 죽지 않을 것이라고 착각하죠. 하지만 그것이 인생에서 가장 큰 착각이죠. 저는 진실의 본질이자 인생의 본질을 말하고 있는 것뿐이에요. 결국, 인생은 어쩌면 허물어져가는 과정인지도 몰라요. 우리는 늙고 죽으니까요. 아무리 위대한 사람이라도 그 사람의 업적은 남겠지만, 육체는 남을 수가 없죠. 그래서 인생은 허무한 것이죠. 어쩌면 우리가 육체만 없다면 걱정이 없을지도 몰라요. 우리는 육체가 있기에 걱정과 근심이 가득한 것이죠. 이런 생각이 들 때는 저는 즐겁다가도 갑자기 공허한 마음이 들어요."

브루노가 갑자기 옅은 한숨을 쉬었다.

"너무 비관적인 말은 하지 마세요. 지금 저 파란 하늘과 하얀 구름을 보세요. 중요한 것은 브루노 씨와 제가 이렇게 사랑하고 있는 지금이에요. 미래는 미래에 생각하면 돼요. 미래는 나중에 오겠죠. 지금이 아니에요. 지금은 너무나도 아름다운 광경이 브루노 씨와 저에게 펼쳐져 있네요. 그리고 우리는 주님을 믿고 있으니 주님 안에서 영적 육적 교제를 한다는 것이 얼마나 멋지나요? 우리는 세상 사람들과는 조금 다른 사람들이죠."

루나는 신실한 믿음의 소유자였다. 물론 브루노도 신을 믿고 있으나 루나의 믿음에 비하면 그리 커 보이진 않았다.

"맞아요. 루나 씨의 말이 맞겠죠. 제가 너무 감상적이었네요. 우리의 데이트를 망치자고 한 말은 아니니 오해 마세요. 자, 우리 가져온 샌드위치와 차를 먹어요."

두 사람은 즐겁게 간식을 먹으면서 즐거운 한때를 보냈다. 세상의 풍파가 아무리 험난하더라도 두 사람은 두 손을 꼭 잡고 헤쳐나갈 수 있는 확신의 빛이 서로의 마음에 새겨졌다. 두 사람이 만약 난파선에 있다고 하더라도 그 난파선에서 결코 혼자만 살아서 나오지 않을 것을 두 사람은 알고 있었다. 그만큼 두 사람은 내적으로 외적으로 사랑의 띠로 둘러졌다.

"전 주말마다 브루노 씨와 해보고 싶은 목록을 적어두고 있어요. 요즘 그것을 생각만 하면 너무 행복해요. 예전엔 주말에 집에만 있어야 했는데 이제는 그럴 필요가 없잖아요. 지금까지 못 했던 일들을 브루노 씨와 이제부터 하나하나 해나갈 거예요. 남자 친구가 생기면 꼭 해보고 싶었던 일들이었어요. 첫 번째로 다음 주에 우리 승마를 하도록 해요. 제가 말을 꼭 타고 싶었거든요."

루나가 버킷리스트로 꼭 해보고 싶었던 것이 말을 타는 것이었다. 루나의 버킷리스트에는 여러 가지가 가득 차 있는데 그중에서도 가장 해보고 싶은 것 중의 하나가 승마였다.

"승마요? 그거 좀 무섭지 않을까요? 아찔할 거 같은데요?"

걱정스러운 표정의 브루노가 소극적인 자세로 나갔다.

"아니에요. 별로 무섭지 않을 거예요. 굉장히 재미있을 거예요. 우리 말 하나로 한번 타봐요. 브루노 씨가 앞에서 말을 몰고 제가 브루노 씨의 허리를 잡고 달리는 거죠. 어때요? 낭만적이죠? 전 그런 영화 속의 장면을 늘 꿈꾸어왔어요. 제가 백설공주는 아니지만 백설공주와 일곱 난쟁이라는 동화를 무척 좋아해요. 그 동화를 볼 때면 저는 공주가 되지요. 저를 위해서 일곱 난쟁이가 되어주실 거죠?"

　루나가 웃으면서 물었다.

　"일곱 난쟁이라면 일곱 명인데 그럼 제가 그중 한 명인가요? 나머지 여섯 명의 남자는 어디로 갔단 말인가요?"

　브루노가 눈웃음을 치며 농담을 걸었다.

　"글쎄요. 어디로 갔지? 브루노 씨가 모든 역할을 해야만 할 거 같네요. 그들은 안 보이니까요."

　장난기 가득한 표정의 루나도 신나게 맞장구쳤다.

　"혹시 루나 씨가 숨겨놓은 것은 아닐까요? 그 여섯 명의 남자 말이에요. 아니면 앞으로 나타나는 거 아닐까요?"

　브루노의 농이 지나쳐 보였다.

　"농담 그만 하세요. 농담이 진담되겠어요."

루나가 얼굴이 순간 붉어졌다.

"알았어요. 하하."

브루노와 루나는 루나의 버킷리스트대로 움직였다. 그녀는 승마도 좋아했지만, 놀이공원에 가서 남자 친구와 데이트를 하고 싶어 했다. 물론 브루노는 그녀를 위해서 흔쾌히 승낙했다.

브루노와 루나는 지금 함께 놀이공원에서 바이킹을 타고 있었다. 아찔한 순간이었다. 위로 올라갔다가 내려올 때의 기분은 하늘을 나는 기분이었으나 기분이 이상했다. 왠지 거기서 떨어질 것만 같아서 무서울 지경이었다.

"이거 굉장하네요."

브루노가 두 손을 들고 루나를 힐끔 쳐다보며 말했다.

"무서워요. 내려가고 싶어요. 아."

루나는 현기증을 간신히 참고 있었다.

"루나 씨가 놀이공원 와서 이거 꼭 타고 싶다고 해서 온 것이니 너무 무서워하지 말고 즐겨요. 애들도 아니고 우린 어른인데 이게 머 그리 무서워요."

이렇게 남자답게 말하는 브루노도 사실은 좀 무서웠다. 어렸을 때 타보고 너무 오랜만에 타서 그런 것 같았다.

두 사람은 바이킹에서 내려와서 이제 회전목마로 갔다. 회전목마를 타면서 우아하게 원을 돌면서 둘은 서로 쳐다보고 웃었다.

"루나 씨 이건 무섭지 않죠?"
"네. 이건 재밌네요. 천천히 돌고 마치 말을 타고 있는 거 같아요."
"맞아. 루나 씨는 승마를 좋아한다고 했죠. 실제 말도 우리 꼭 같이 언젠가 타도록 해요. 그전에 우리 그동안 못했던 데이트를 여러 가지 실컷 해보도록 해요. 이것이야말로 연애의 특권 아니겠어요? 저는 연애를 너무 예전에 해서 잘 기억도 나지 않아요. 소위 말해서 연애 세포가 죽은 것이죠. 그런데 연애 세포가 루나 씨 때문에 다시 살아나고 있어요. 정말 고마워요."

기쁨의 미소가 얼굴에 가득한 브루노는 신나 있었다.

"저도 마찬가지예요. 연애의 기억이 가물거렸는데 새록새록 다시 기억나고 있어요. 브루노 씨를 만나서 연애의 기쁨과 정점을 경험하는 거 같아요. 브루노 씨와 같은 분은 영원히 다시는 만나지 못할 거 같아요. 우리 그동안 못 했던 거 같이 다 해보기로 해요. 물론 승마도 나중에는 꼭 해야겠죠. 제 버킷리스트에는 많은 목록이 있으니 그것을 거의 다 해보도록 해요."

루나도 신나서 어쩔 줄 몰라 했다.

두 사람은 재밌었던 회전목마에서 나와서 이제는 고속 열차를 타러 갔다. 이 고속 열차의 속도는 아주 빠르고 아찔한 것이었다. 루나가 한사코 타지 않으려고 했으나 브루노가 강권했다.

"이것은 꼭 타야 해요. 정말 재미있는 기구예요. 고속 열차는 놀이 공원의 백미예요. 이것을 안 타고 가면 안 되죠. 봐요. 사람들이 줄 서 있는 거요. 물론 사람들이 많아서 30분 이상은 기다려야 할 거예요. 그래도 그만큼 인기가 있으니 사람들이 그렇게 기다리지 않겠어요? 우리 함께 타요."

브루노가 애원하듯이 말했다.

"이것만은 피하고 싶네요. 다른 것은 타더라도 이것은 너무 무서워 보여서 내리고 싶을 거 같아요. 중간에 제가 내린다고 애걸복걸하면 브루노 씨가 책임질 건가요?"

루나가 손사래를 쳤다.

하지만 결국 두 사람은 고속 열차를 탔고 루나는 거의 기절 직전이 었다. 그런 루나를 브루노가 쳐다보면서 안심시키려고 하고 있었다.

"꼭 잡아요. 안 그러면 큰일 나요."

"아악, 이건 타는 게 아니었는데…. 이 열차 너무 빨라요. 저 지금 정신없어요. 말 시키지 말아요."

이렇게 말하는 루나는 두 손으로 눈을 가렸다.

"이건 좀 빠르긴 하네요. 저도 이 엄청난 속도와 바람을 어떻게 해야 할지 모르겠네요. 루나 씨 제 손을 잡아요. 우리 손 꼭 잡고 타요."

브루노가 루나의 고운 손을 꼭 쥔다. 사랑의 맹세라도 하듯이 위험 에서 구해주겠다는 듯이 브루노는 루나의 손을 더 강하게 쥐었다.

고속 열차에서 내려온 두 사람은 거의 기진맥진해 있었다.

"이제 좀 쉬죠. 루나 씨도 힘들죠?"

"그러네요. 고속 열차를 타고 나니 머리가 지끈거려요. 좀 앉아 있어야겠어요. 화장실이 어디죠? 저 화장실 좀 다녀올게요."

머리가 약간 흐트러진 루나가 성급히 화장실로 갔다.

"그래요. 다녀와요. 전 좀 쉬고 있을게요. 이거 장난이 아니네요."

화장실에서 돌아온 루나와 브루노는 유령의 집으로 향했다. 유령의 집 안으로 들어간 루나는 그 분위기에 벌벌 떨었다.

"여기 너무 무서워 보여요. 유령이 갑자기 나타날 것만 같아요. 어쩌죠?"

루나는 잔뜩 겁에 질린 표정이었다.

"너무 걱정하지 말아요. 유령이 나타나면 제가 없애줄 거예요. 루나 씨는 제 옆에만 꼭 붙어 있으면 돼요. 알겠죠?"

브루노는 이렇게 말하면서도 속으로는 잔뜩 긴장하고 있었다.

그때 갑자기 하얀 옷을 입은 유령이 두 사람 앞에 두 손으로 잡으려는 모습으로 나타났다.

"악!"

그 모습을 본 루나가 소리를 지르면서 브루노 품에 안기면서 눈을 가렸다.

"저리 가라."

브루노는 겉으로는 이렇게 외치면서 속으로 벌벌 떨었다. 남자나 여자나 유령의 존재는 무서운 법이다. 남자는 남자 체면 때문에 안 무서워하는 것뿐이고 여자는 있는 그대로 표현할 뿐이다. 여자가 무서워할 때 남자가 여자를 보듬어주고 안아주고 위로해주면 그 남자는 남자다워 보이고 멋있어 보인다. 브루노는 일단 멋있어 보이는 데 성공한 것처럼 보였다.

"브루노 씨는 정말로 용감하고 멋지네요. 어떻게 유령을 보아도 하나도 무서워하지 않을 수가 있어요? 남자다운 분이세요. 역시 최고세요."

행복에 겨운 표정의 루나는 브루노의 손을 꼭 잡으면서 말했다.

"멋있긴요. 남자는 원래 이런 거잖아요. 남자가 여자처럼 무서워하면 안 되죠."

브루노는 괜히 어깨가 들썩거리고 자존감이 상승했다.

두 사람은 놀이공원에서 그 외에도 많은 기구를 타면서 서로 친숙해졌다. 마지막으로는 풍선 모양의 비행기를 타면서 공원 전체를 내려다보았다. 풍선 비행기 위에서 둘은 낭만적인 키스도 했다. 두 사람의 사랑은 이제 아무도 막을 수 없는 영원한 것이었다. 두 사람보다 이 세상에서 행복한 커플은 없어 보였다. 두 사람은 매일 천국을 경험하는 것 같았다. 앞으로 갈 천국을 현세에서 미리 경험하는 것만 같았다. 두 사람의 연애와 사랑이 바로 잠깐의 천국 엿보기였던 것이었다. 주님이 천사를 보내서 두 사람을 지켜주시고 매일 함께하시는 것만 같았다. 놀이공원에서의 데이트는 마치 두 사람의 앞날에 커다란 축복을 보여주는 것만 같았다.

며칠이 지나고 브루노와 루나는 바다로 드라이브를 했다. 멋진 차인 마세라티를 타고 해변을 달렸다.

"브루노 씨 이 차 너무 멋져요. 어느 나라 차인가요?"

궁금한 표정의 루나가 물었다.

"아, 이 차요? 이탈리아 차 마세라티라고 하죠."

자신감 넘치는 모습의 브루노가 웃으면서 답했다.

"비싼 차인가 봐요. 상당히 고급스러워요."
"아니에요. 그냥 스타일이 좋은 차라 샀어요."

사실 브루노의 집안은 상당한 재력을 가지고 있었다. 브루노는 집안의 외아들이라 부모님의 사랑도 독차지하고 있었다.
브루노와 루나는 바닷가에 도착했다. 차에서 내린 루나가 바다를 보고 껑충껑충 뛰면서 소녀처럼 좋아했다.

"이곳은 마치 천국과 같군요. 바다를 보니 너무 좋아요. 바다가 너무 푸르고 하늘도 화창하군요."
"그러네요. 바람도 우리를 반겨주듯이 세차게 부네요."

두 사람은 손을 잡고 바닷가의 한쪽 끝에서 다른 한쪽 끝까지 천천히 걸어갔다. 걸어가면서 루나가 브루노의 어깨에 살며시 기대어왔다. 브루노는 그런 루나의 모습이 너무나도 사랑스러웠다.

브루노가 천천히 루나에게 다가가서 루나를 살며시 안았다. 루나의 크고 푸른 두 눈을 그윽이 쳐다보면서 말했다.

"루나 씨와 함께 있는 이 순간이 꿈만 같네요. 다시 태어나도 루나 씨를 찾아서 영원히 함께하고 사랑할 거예요."

"저도 브루노 씨와 함께 있는 이 순간이 가장 행복해요."

"우리 이제 출출한데 랍스터 먹으러 가요."

브루노가 기분이 좋은 표정으로 제안했다.

"랍스터요? 그거 안 먹어봤는데 맛있나요?"

"그럼요. 맛이 끝내주죠."

브루노가 방긋이 웃었다.

두 사람은 맛있게 랍스터를 먹고 호텔로 향했다. 다음 날 두 사람은 함께 쇼핑했다. 이곳저곳을 둘러보면서 둘은 여성복이 있는 가게로 들어갔다.

"이거 어때요, 루나 씨? 하얀 원피스가 순백의 이미지이자 천사의 이미지인 루나 씨에게 잘 어울릴 거 같아요."

브루노가 하얀 원피스를 손으로 가리키며 말했다.

"놀리지 마세요. 저는 천사가 아니랍니다. 그래도 이쁜 옷이네요. 레이스도 우아하고 제가 좋아하는 스타일의 옷이네요."

루나는 마음속으로 꼭 그 옷을 가지고 싶어졌다.

"이거 제가 사줄게요. 입어봐요."
"아니에요. 이거 아주 비싼 옷인데 어떻게 이런 옷을 받아요."

루나가 손을 흔들며 거부했다.

"그러지 말고 입어봐요. 저는 루나 씨가 좋아하는 것이라면 무엇이든지 할 거예요."

브루노는 루나를 위해서라면 지옥 불에도 뛰어들 기세였다.

"알았어요."

브루노가 사준 하얀 원피스를 입고 나온 루나는 진짜 천사와 같았고 여신 같았다. 세상에 예쁜 여자들과 몸매 좋은 여자들은 많았지만, 루나가 가지고 있는 독특함의 매력은 없을 것이다. 루나는 이 세상 여자들이 없는 특별한 무언가를 지닌 여자였다. 브루노가 그렇게 루나에게 목을 매는 것도 다 이유가 있었다.

시간은 유수와 같이 흘러 두 사람은 예전에 약속한 대로 승마장에 나타났다. 백마와 흑마와 갈색 말들이 즐비하고 사람들이 말을 타려고 줄을 서서 기다리고 있었다.

"우와 사람 많네요. 우리 차례가 올지 모르겠어요."

루나가 군중을 바라보며 말했다.

"그러게요. 이렇게 많은 사람이 승마에 관심이 많은 줄은 꿈에도 생각하지 못했어요. 사람들이 말 타는 것에 상당히 관심이 많군요."

의아한 표정의 브루노도 놀라면서 대답했다.

"한 시간 이상은 기다려야 탈 수 있을 듯해요. 그동안 우리 뭐 하죠?"

루나의 얼굴에는 걱정이라는 단어가 쓰여 있었다.

"그냥 기다리면서 잡담하는 거죠. 음료수 사다 줄까요?"

항상 긍정적인 성격인 브루노는 신경 안 쓰는 거 같았다.

"그래요."
"갔다 올게요."

브루노가 음료수를 사러 간 사이에 루나의 눈에는 그야말로 말들의 쇼가 진행되었다. 꿈에서만 나올 것만 같았던 백마가 하늘을 날듯이 점프해서 장애물을 넘고 있었다. 백마의 갈기는 바람에 휘날리고 있었고 앞발굽은 꼭 누구를 공격하기라도 하듯이 길게 쭉 앞으로 뻗고 꼬리도 곧게 서 있었다.

백마의 공중 쇼를 보며 이미 루나도 그 백마를 타고 함께 공중으로 날고 있는 듯했다.

"여기 있어요. 음료수."

브루노가 음료수를 건넸다.

"고마워요. 저기 백마 달리는 것 좀 보세요. 환상적이네요."

루나는 이미 백마에 푹 빠져 있었다.

"멋있네요. 하지만 우린 초보니까 저렇게까지 기대해서는 안 돼요. 우리는 그냥 같이 한 말에 타서 뛰지는 못하고 걷는 수준으로 한 바퀴 도는 거예요. 진짜 승마를 하려면 본격적으로 배워야 하겠죠."

브루노가 장난기 있는 목소리로 말했다.

"그럼요. 저도 그 정도는 알아요. 말에 올라타 본다는 것 자체에 의미를 두는 거죠. 저도 승마 선수까지 될 생각은 없으니 너무 염려 마세요."

루나가 눈을 흘겼다.

"이렇게 구경만 해도 사실 좋죠. 저 말들이 달리는 것을 보니 참 신기하기도 하고 왠지 기분이 좋아지네요. 내가 꼭 저 말과 함께 달리고 있는 것만 같아요. 사실 지금은 자동차가 있지만, 말만 있는 시대에 태어났으면 더 좋았겠다는 생각을 가끔 해봐요."

"그건 왜죠?"

루나가 궁금해했다.

"복잡하지 않잖아요. 공해도 없고요. 사고가 나도 자동차 사고처럼 그렇게 심할 거 같지도 않아요. 무엇보다 말과 함께 자연을 힘껏 달리고 싶어서예요. 운송 수단은 그것밖에 없고 말밖에 탈 게 없으니 말만 타게 되겠죠. 과학의 발전이라는 것은 우리에게 엄청난 이익을 주기도 하지만 때로는 무언가를 우리에게서 빼앗아가는 거 같아요. 그 무엇이라는 것은 아마도 자연스러움인 거 같아요. 인공적이지 않고 자연스러운 것이 참으로 그리울 때가 있어요. 바로 이런 경우죠. 또한, 말을 탄다는 것은 낭만적이잖아요."

브루노는 상당히 합리적이면서도 로맨티스트적인 면을 많이 가지고 있었다.

"그렇군요. 그렇게는 생각 못 해봤어요. 역시 브루노 씨는 얼굴 가린 것만 빼놓고는 못 하는 것이 없군요."

루나의 얼굴은 웃는 보름달이 되었다.

"농담하지 말아요. 얼굴 이야기만은 하지 않기로 했잖아요. 우리의 사고 중에서 가장 중요한 것은 다양한 관점이라고 생각해요. 사람마다 가진 관점으로 세상의 틀을 바라보는 거예요. 물론 그런 자신만의 관점이 무엇인지도 모르고 사는 사람들도 많죠. 하지만 모든 사람에게는 자신이 알든 알지 못하든지 자신만의 관점이 있죠. 그것을 발견하느냐 못 하느냐도 상당히 중요해요. 저는 저의 관점을 발견한 거뿐이에요."

브루노는 자기 주관이 확실했다.

"저는 아직 관점을 발견하지 못한 사람인 거 같아요. 저 아주 멍청하죠?"

자기 주관이 강한 브루노를 보면서 루나는 갑자기 자신의 모습이 초라해졌다.

"아니에요. 루나 씨는 이쁘니까 모든 것을 용서해줄게요. 하하."

브루노가 진한 농담을 던졌다.

"진짜 미치겠어. 호호."

둘은 함께 말을 타고 트랙을 한 바퀴 돌았다. 말의 앞쪽에 앉은 루나
는 무척 재미있어 했다.

"말 처음 타는데 역시 재미있네요. 참 신기해요."
"재밌나요? 저도 재밌네요. 나중에 또 타러 와요."

말을 타고 나오니 어느덧 밤하늘에 별이 총총 떠 있었다. 둘은 검은
바다와 같은 밤하늘에 빛나는 수많은 별을 바라보고 있었다.

"루나 씨? 혹시 별 이야기 아시나요?"

갑자기 브루노가 생뚱맞은 별 이야기를 꺼냈다.

"별 이야기요? 뭐죠?"

루나는 이제 브루노가 이야기하는 것에는 절대적으로 신뢰하는 경향까지 생겼다.

　"제가 해줄까요?"
　"해주세요. 재미있을 거 같아요."
　"별똥별 알죠?"
　"예."
　"별똥별은 천국으로 들어가는 영혼을 가리키는 거래요."

　브루노가 농담인지 진담인지 헷갈리게 하는 말을 했다.

　"정말요?"

　루나가 놀라며 흥미롭다는 듯이 물었다.

　"예."
　"그럼 우리도 별똥별처럼 천국으로 들어갈 수 있을까요? 우리가 죽으면 별똥별이 되어서 그렇게 될까요?"

　루나는 자신이 꼭 그렇게 되고 싶어졌다.

"그건 잘 모르지만, 루나 씨는 될 거예요. 순수한 마음과 착한 마음씨를 가졌으니 충분히 별똥별이 되어서 천국에 갈 거예요."

브루노는 확신에 찬 목소리로 대답했다.

"그런데 그 이야기 어디서 들으셨나요?"

루나는 진심으로 궁금해했다.

"사실 알퐁스 도데라는 소설가의 유명한 별에 나오는 대목이에요. 제가 생각했으면 제가 작가이거나 천재이게요. 하하."

이렇게 말하며 브루노가 겸연쩍어 했다.

"아 그렇구나. 하지만 전 몰랐으니 아는 것만 해도 대단하죠. 결국, 지식이라는 것은 너무 중요한 거 같아요. 많이 알면 그만큼 좋으니까요. 브루노 씨는 많이 알고 있는 지식인인 거 같아요. 저는 아직 모르는 게 너무 많아요."

순진무구하고 착한 마음씨를 가지고 있는 루나가 이렇게 말했다.

"아직 어려서 그래요. 사실 모든 것은 아는 만큼 보이는 것 같아요. 저도 좀 알게 되니까 제가 너무 많은 것을 모르고 있다는 것을 느껴요. 지식은 알면 알수록 자신의 부족함을 깨닫게 되는 거 같아요. 인간은 사실 아는 것이 별로 없어요. 우리 뇌에서 아주 작은 부분만 우리는 쓰고 있죠. 우리가 뇌의 용량에서 한 1프로만 더 쓰게 되면 아주 놀라운 일이 벌어질 거예요. 그렇게 되면 컴퓨터보다도 똑똑해지고 돈도 많아지고 능력도 많아지고 할 수 있는 일이 상당할 거예요."

브루노가 그동안의 자기 생각을 말했다.

"그런 거 같아요. 전 아는 게 별로 없으니 잘 모르지만요."

루나는 그저 브루노가 하는 말을 듣는 것만으로도 행복했다.

"자 수많은 별이 우리를 향해서 웃고 있네요. 천국의 문을 활짝 열어서 우리에게 손짓하네요. 이제 우리는 저 속으로 들어가기만 하면 되는 거예요. 날개 달린 황금 마차를 타고 루나 씨와 제가 지금 날아가는 거예요."

감수성이 풍부한 브루노가 웃으며 말했다.

"브루노 씨는 참으로 감상적이고 로맨티스트세요. 저의 남자 친구가 이런 사람이라는 것이 너무 좋고 자랑스럽네요. 맞아요. 천국의 문이 우리를 기다리고 있네요."

주님을 깊게 믿고 있는 루나로서 당연한 말이었다.

"그렇게 말해주어 너무 고마워요."

두 사람은 빛나는 별들의 인도를 받으며 강둑을 걸어서 시내로 들어오고 집으로 향했다. 두 사람의 발걸음에는 별빛이 길을 터주고 있었다.

집으로 온 두 사람은 뜨거운 밤을 보냈다. 두 사람은 서로의 몸이 이미 자신의 몸이라고 느끼고 있었다. 남녀의 성은 신비로운 하늘의 섭리이자 조화이고 신성한 것이라는 것을 두 사람은 서로의 몸을 통해서 느끼고 있었다. 하나 된 둘은 더는 떨어져서는 살 수 없는 온전한 하나가 되었다.

"이렇게 함께 누워 있으니 참으로 좋아요. 사랑해요."

루나가 눈을 살며시 감고 고백했다.

"저도 사랑해요. 루나 씨와 노인이 되어도 함께 이렇게 한 침대에 있으면 좋겠어요. 젊었을 때 순간의 사랑이 아닌 죽기 전까지의 영원한 사랑을 꿈꾸는 거예요. 지금까지 그런 사람이 저에게 없었는데 이제 찾았어요. 루나 씨가 바로 저에게 그런 사람이에요. 루나 씨와는 죽을 때까지 함께하고 싶어요. 죽어도 우리는 함께해요. 아니 천국에서도 우리는 다시 만날 거예요."

브루노는 진정으로 루나를 사랑하고 있었다.

"맞아요. 우리가 죽더라도 하나님을 믿으니 꼭 천국에서 만나게 될 거예요. 그러니 우리는 현생과 미래에도 영원히 함께하는 것이죠. 하나님 안에서의 영생은 우리의 삶을 영원히 연장해줄 거예요. 당신과 나는 지금부터 영원히 함께 있게 될 거예요. 우리가 복음을 받아들였으니 우리는 구원받은 하나님의 백성이에요. 현재는 우리는 주님 안에서 잉꼬 커플이고요."

루나도 기쁨이 넘치는 모습이었다.

"저도 그렇게 믿어요. 우리는 지금부터 늙을 때까지 함께할 것이고 우리가 백발이 된다고 해도 우리는 서로를 사랑할 것이에요. 우리는 손을 꼭 잡고 있을 거예요. 하나님은 우리를 태초부터 구별하셨고 만나게 하셨고 이렇게 축복하셨어요. 모든 커플은 주님의 섭리 안에서 만나는 것이죠. 그것을 아는 사람들과 모르는 사람들만 있을 뿐이죠. 우리야말로 현대판 로미오와 줄리엣이에요. 물론 우리는 그렇게 비극으로 끝나는 이야기는 아닐 거예요. 우리는 희극의 로미오와 줄리엣이죠. 어때요, 멋지죠?"

브루노는 점점 감성적으로 되어가고 있었다.

"멋있어요. 제가 줄리엣이라는 소리는 오늘 처음 들어요. 저를 이렇게 줄리엣으로 인생이라는 연극의 주인공으로 만들어주는 브루노 씨를 저는 너무 사랑해요. 브루노 씨도 저만의 로미오예요."

루나는 기뻐서 눈물이 글썽거릴 정도였다.

"죽음이 우리를 갈라놓을 때까지 아니 우리를 갈라놓을지라도 우리는 끝까지 갑시다. 사랑은 이별의 그림자가 드리워진 것이지만 우리는 이별이라는 단어 자체를 없애버리도록 해요. 우리에게 이별이란 없어요. 우리에게는 사랑만이 남을 뿐이죠. 하나님은 우리의 사랑을 영원히 지켜주실 거예요."

그동안 고독했던 브루노에게 루나는 구원과도 같은 존재였다. 브루노가 이렇게 말하는 것은 자신의 확신이자 주님에 대한 믿음의 표현이었다.

"그럼요. 우리가 이별한다면 세상에 모든 연인이 이별하게 될 거예요. 절대 그런 일은 없을 거예요."

이렇게 말하며 루나는 브루노의 품 안에 안겼다. 안겨 있는 루나의 얼굴은 행복 그 자체였고 그녀의 몸매 선은 비너스의 몸매와 같았다.

다음 날 아침에 창문의 틈으로 햇살이 브루노와 루나를 깨우면서 다독이고 간지럽게 하고 있었다. 햇살은 그들의 몸을 환히 비추고 눈을 빨리 뜨라면서 브루노를 재촉하고 있었다.

브루노는 눈에 강렬한 햇빛을 받아서 노랗고 푸른색의 빛이 가득 차기 시작하자 기지개를 크게 켰다. 루나는 아직 잠들어 있었다. 브루노는 침대에서 나와 루나를 깨우지 않고 부엌으로 가서 커피를 끓이고 베이글을 전자레인지에 데우고 크림치즈를 준비했다. 아침 식사를 간단히 준비하는 것이었다. 아침 식사를 식탁에 차린 브루노는 그제야 루나를 깨웠다.

"일어나요. 루나 씨. 우리 아침 먹어요."

오른손으로 루나의 어깨를 브루노가 흔들었다.

"벌써 아침인가요. 너무 밤이 빨리 가버렸네요. 더 자고 싶은데….
저는 잠이 짧은 죽음 같아요. 매일 짧게 죽고 일어난다는 게 희한해
요. 잠자다가 영원히 깨지 못하면 어쩌지 하고 생각이 들어요."

루나는 자기 생각을 늘어놓았다.

"그건 쓸데없는 생각이에요. 잠은 잠일 뿐이죠. 죽음만이 영원한 잠
이죠. 우린 아직 영원한 잠을 잘 시기가 아니에요. 특별히 병이 있는
것도 아니잖아요. 영원한 잠은 주님의 품 안에서만 가능한 것이죠. 안
그래요?"
"그건 그래요. 건강하다는 것은 하늘의 축복이고 감사할 일이죠. 저
씻고 올게요."

루나가 일어나서 화장실로 갔다.

"씻고 식탁으로 와요."

브루노가 부드러운 음성으로 말했다.

"브루노 씨는 안 씻나요? 혹시 얼굴 볼까 봐 그런가요?"
"아니에요. 전 일어나서 이미 씻었어요. 씻고 와요."
"예."

두 사람은 단지 한 가지 문제만 빼놓고는 완벽한 커플이었다. 그것은 역시 루나가 아직 브루노의 얼굴을 보지 못했다는 것이었다. 물론 감정적으로 통하고 말이 통하고 모든 것이 통하기에 이미 루나에게 브루노의 얼굴이 주는 의미는 그렇게 중요하지 않았다.

얼굴 보고 브루노를 사귄 것은 아니기 때문이었다. 얼굴이 없다고 해도 괴물처럼 생겼다 해도 이미 루나의 감정은 브루노를 사랑하고 있었다. 단지 루나는 브루노의 얼굴이 어떻게 생겼는지 호기심이 있고 보고 싶을 뿐이었다. 단지 그것뿐이었다. 루나가 식탁으로 와서 앉았다.

"이것 드셔보세요. 베이글이 맛있게 구워졌어요. 커피도 좀 드시고요."

젠틀맨인 브루노가 부드럽게 권했다.

"고마워요."

고개를 가볍게 숙인 루나가 대답했다.

"그런데 루나 씨의 얼굴에 약간 근심이 있는 듯해요. 무슨 문제라도 있나요?"

눈치 빠른 브루노가 물었다.

"저는 브루노 씨가 괴물처럼 생겼거나 어떻게 생겼든지 상관없으니까 딱 한 번만 얼굴을 보고 싶어요. 제가 쓰러진다고 해도 상관 안 할게요. 만약 쓰러지면 그건 제 책임이죠. 제가 조른 것이니까요. 안 될까요?"

이렇게 말하는 루나의 눈과 목소리에는 간절함이 묻어 있었다.

"절대 안 되는 일이지만 그렇게까지 말하니 오늘 저녁에 보여줄게요. 그런데 한 가지 부탁이 있어요."

"뭐죠?"

루나가 뛸 듯이 기뻐하며 물었다.

"저는 이미 루나 씨를 사랑하게 되었으니 혹시 쓰러지더라도 제 곁에 남아달라는 거예요. 그럴 수 있나요? 저는 루나 씨가 제 곁을 떠날까 봐 그것이 가장 걱정돼요. 저의 이기적인 사랑에 진심으로 미안해요."

이제 브루노는 루나 없이는 살 수가 없을 것만 같았다. 루나가 없는 삶은 그 자체가 고독이고 지옥일 것만 같았다.

"아니에요. 사람은 누구나 이타심보다는 이기심이 많죠. 그것은 제가 바라는 일이니 걱정하지 마세요. 저는 무슨 일이 있어도 한 번이 아니라 생활하면서 백번을 쓰러진다고 해도 브루노 씨 곁에 남을 거예요. 이제는 제가 브루노 씨 곁에서 못 떠나요. 브루노 씨가 없으면 못 살 거 같거든요. 브루노 씨는 이미 제 마음의 둥지이자 나무이자 산과 같은 존재가 됐어요. 그런 브루노 씨가 없다면 저는 죽은 목숨이나 마찬가지예요. 제 마음 이제 알겠죠?"

루나의 말에는 간절함이 있었고 사람의 심금을 울렸다.

"알았어요. 오늘도 그럼 우리가 처음 만났던 그 강에서 봐요. 아침 먹고 출근하죠? 퇴근하고 봐요."

브루노가 루나에게 약속하고는 집을 나섰다.

"예. 저녁 8시쯤 되겠네요. 기대돼요."

루나의 가슴은 쿵쾅거리며 두근거렸다.

"알겠어요. 그때 봐요."

티티새가 날아올라 울부짖고 상수리나무가 바람에 흔들리며 춤을 추고 있었다. 물결이 자연의 신비로움을 찬양하며 흐르고 있고 저녁 노을이 붉게 하늘을 물들이고 있는 강변에서 두 사람은 손을 잡고 서 있었다.

"드디어 브루노 씨의 얼굴을 보게 되는군요. 저에게 있어서 이것은 기적이에요. 하나님은 저의 삶 속에 많은 은총의 표징을 보여주셨어요. 그리고 저는 많은 기적을 경험해왔어요. 하지만 이번은 진정한 기적이 될 거 같군요."

역시 루나는 그리스도 안에서의 자매다운 말을 했다.

"저는 걱정만 앞서요. 걱정이에요. 지금까지 쓰러지지 않은 여성은 단 한 명도 없었거든요. 루나 씨만 예외라는 생각은 안 들어요. 사랑하는 것과 이 문제는 별개예요."

의심 많은 브루노의 눈에는 이미 눈물이 글썽거렸다.

"걱정하지 마세요. 저는 각오가 이미 섰어요. 어떤 상황에서도 브루노 씨만을 사랑하겠어요. 병원 신세를 매일 지더라도 전 상관없어요. 사랑은 모든 것을 이긴다고 생각해요. 그래서 사랑이 위대한 거 아니겠어요. 이 세상에서 가장 소중한 것은 물질도 아니고 환경도 아니고 사랑이에요. 저는 그걸 믿어요."

루나는 흔들리지 않는 신념을 가진 듯한 모습이었다.

"그래요. 사랑은 위대하죠. 저도 그건 믿어요. 하지만 이건 위험한 짓이죠. 그것만은 분명한 사실이에요."

브루노의 걱정은 산처럼 되고 있었다.

"자, 이제 준비가 되었으니 얼굴을 보여주세요. 검은 천을 벗기세요. 지금요."

다급한 표정의 루나가 재촉했다.

"알겠어요. 놀라지 마세요. 쓰러지지 마세요. 제발"

브루노는 눈을 감으면서 오른손으로 검은 천을 벗겨내었다. 그리고 쓰러져 있는 루나를 상상하며 두 눈을 떴다. 그런데 루나는 가만히 큰 두 눈으로 자신을 쳐다보며 그냥 서 있는 것이 아닌가?

"아니 이런 일이…."

브루노는 너무 놀라 두 눈이 동그랗게 떠졌다.

"이렇게 아름다운 얼굴이었군요. 너무 잘생기고 멋져요."

브루노의 얼굴을 우두커니 쳐다보면서 루나가 감동한 표정으로 서 있었다.

"이건 기적이에요. 있을 수 없는 일이 일어났어요. 사랑이 루나 씨를 보호한 거예요. 아니 하늘에서 천사가 나타나서 루나 씨를 붙잡아 준 것이 틀림없어요. 그것으로밖에 설명이 안 돼요."

이렇게 말하며 브루노가 루나를 꼭 껴안았다.

"저도 브루노 씨의 얼굴을 봤으니 이제 여한이 없네요."

브루노의 품에 안긴 루나가 눈물을 글썽였다.

두 사람은 저녁노을이 비추는 강변에 하나가 된 모습으로 그렇게 서 있었다.

네 번째 환상 이야기

– 말하는 고양이 제시카와 줄리

"그동안 고마웠고 즐거웠어.
다음에 다시 만날지는 모르지만 난 지금 떠나. 안녕."
이렇게 말하면서 자신의 여정에 자신만만해 보이는 줄리는
제시카를 뒤로한 채 문을 열고 밖으로 나가버렸다.

네 번째 사람이 흐뭇한 표정을 짓고 말문을 열었다.

"세 분의 이야기를 너무나도 감동적으로 들었습니다. 고맙고 고맙습니다. 그렇게 재밌고 기이하고 환상적인 이야기를 해주셔서 감사합니다. 그렇지만 여러분들의 이야기는 인간 세상에 한정된 이야기들뿐이었습니다.

저는 인간 세상을 뛰어넘는 이야기를 여러분에게 들려주려고 합니다. 제가 가장 좋아하는 말하는 페르시안 고양이에 관한 이야기입니다. 여러분들은 페르시안 고양이가 말을 한다고 하면 어떻게 생각하십니까? 그것을 믿겠습니까?

아마 못 믿으실 것입니다. 그렇지만 동물들에게도 말하는 재주가 있습니다. 우리 인간들이 그들의 말을 알아들을 수가 없으므로 우리가 실체를 모를 뿐이죠. 그렇지만 저는 우리 집 페르시안 고양이와 매일 밤 대화를 나누고 있습니다.

그리고 그 페르시안 고양이가 들려준 고양이 세계의 이야기에 대해서 말해주려고 합니다. 저는 그 페르시안 고양이가 저에게 들려준 이 야기를 그냥 전하는 것뿐입니다. 결코, 이것은 거짓이 아님을 밝힙니 다. 그러면 페르시안 고양이가 해준 이야기를 페르시안 고양이의 입 으로 직접 들어보세요."

나는 페르시안 고양이야. 이름은 우리 주인이 나에게 붙여준 이름이 있어. 제시카야. 가끔 우리 주인은 나를 펫걸이라고도 부르지. 펫걸은 애칭이고 정식 이름은 제시카야. 우리 고양이 세계를 이야기하게 되 어서 너무 기뻐.

왜냐하면, 인간들은 지배만 하려고 하고 도무지 우리 고양이 세계, 더 나아가서는 우리 동물들의 세계에는 관심이 없거든. 우리 동물들 도 나름의 질서가 있어. 특히 우리 고양이 세계는 특히 심하지.

고양이 중에서 우리 페르시안 고양이가 왕이라고 할 수 있어. 우리 는 귀족 고양이야. 인간들이 알고 있는 일반 집고양이들과 우리는 종 자가 다르지. 그런데 인간들은 그것을 잘 몰라.

인간들도 예전엔 왕과 귀족과 평민들로 나누어졌고 엄격히 구별했 는데 우리 고양이의 세계도 똑같다고. 그런데 인간들은 고양이는 고 양이로 똑같이 대하고 있으니 내가 얼마나 억울하겠어. 물론 우리 주 인처럼 우리 페르시안 고양이를 알아주는 인간들도 있지만 말이야.

고양이의 적은 누구일까? 물론 많은 사람이 쥐라고 생각하겠지. 맞

아. 우리의 최대의 적은 쥐야. 우린 날마다 쥐와 싸우고 있고 쥐는 우리의 원수이고 천적이지. 쥐라는 놈들은 정말로 귀찮은 존재들이지. 매일 우리를 괴롭히고 우리와 대적을 하려고 하지. 또한, 우리가 그들을 잡으려고 하면 쥐구멍을 파고 잘도 도망가. 쥐가 위험한 극한 상황에 처하면 우리에게 대들기도 하지.

한번은 우리 페르시안 고양이 중에서도 쥐에게 물린 고양이도 있어. 쥐는 이빨이 상당히 단단하고, 발달하여 있어서 쥐가 작정하고 달려들면 고양이도 당할 수 있어. 물론 일반적으로는 우리 고양이가 발톱으로 다 제압하지만 말이야. 앞에서 눈치챘을지도 모르지만, 우리의 적이 꼭 쥐라고만 생각하지는 말아줘. 그것은 완전한 편견이고 선입관이야.

우리의 적은 쥐도 있지만 여러 가지가 있어. 그중에서도 요즘 가장 떠오르고 있는 적은 강아지야. 사람들이 우리 고양이들보다 강아지를 애완동물로 더 선호하고 잘 키우고 수가 많아져서 우리 고양이들이 설 자리가 점차 사라지고 있어.

집에서 강아지들의 수는 점점 많아지는데 우리 고양이들의 수는 점점 줄어들어가지. 물론 강아지와 오랫동안 한집에서 살다 보면 친밀해져서 친하게 지내기도 하지. 하지만 대부분은 고양이와 쥐의 관계처럼 강아지들과도 우리는 적대적이지.

우리 고양이들이 쥐에게는 강하지만 개에게는 약해. 몸집에서나 힘에서 개에게 밀리지. 우리가 개보다 나은 점이 있다면 빠른 속도밖에 는 없어. 빨리 도망 다니면서 기회를 봐서 개의 얼굴을 발톱으로 공격 하는 거지. 치고 빠지는 전략 외에 우리 고양이들이 개를 이기기는 쉽 지 않아.

우리 고양이들이 개하고 친해지려고 해도 개들은 본성적으로 우리 고양이들을 싫어해. 물론 우리 고양이들의 성격이 외고집이고 이기적 이고 자기밖에 모르는 면이 많아서 주인들도 좀 싫어하는 경향이 있 지. 하지만 개들마저 우리를 외면할 게 뭐람? 그것은 나의 불만이야.

난 우아하고 사랑스러운 귀족 고양이인 페르시안 고양이이기에 웬 만한 개보다는 가치가 있고 존중받아야 한다고 생각해. 그런데 나보 다 아무것도 아닌 거 같은 개가 나를 공격하려고 하고 깔보면 화가 나. 그래서 요즘 내가 가장 싫어하는 것은 개라는 동물이야. 나는 개 가 싫어. 하지만 이것을 밖으로 표출하기는 힘들어. 왜냐하면, 그것을 표출하는 순간 내가 더 위험해질 수도 있거든. 어쨌든 여기까지는 나 의 쓸데없는 이야기였어.

이제 본격적으로 우리 고양이의 세계에 대해서 말해줄게. 아니 정확 하게 이야기하면 재미있는 에피소드라고 할 수 있어. 내 친구 이야기 야. 내 친구 페르시안 고양이가 며칠 동안 집에서 가출한 사건을 말해 줄게. 그 고양이의 이름은 줄리야.

줄리가 어느 날 우리 집으로 놀러 와서 나에게 고민을 털어놓았어.

"제시카, 나는 고민이 너무 많아. 우리 주인은 나랑 통 놀아주지를 않아. 아마 나를 사랑하지 않는 거 같아."

줄리가 꼬리를 잔뜩 세우면서 말했다.

"너는 사랑스러운 페르시안 고양이인데 그럴 리가 없어. 주인이 바빠서 그럴 거야."

제시카가 따뜻하게 위로했다.

"아니야. 분명히 처음하고는 달라. 처음 내가 새끼 고양이일 때 주인은 거의 나하고만 있었어. 밥도 잘 줄 뿐만 아니라 주인의 무릎 위는 항상 내 차지였어. 그런데 지금은 나를 거의 무릎 위에 올려놓지를 않아. 시간이 없다는 것도 핑계야. 주인은 늘 텔레비전만 보고 있거든. 애정이 식은 거야."

줄리의 입은 이미 뽀로통해져 있었다.

"아무래도 새끼일 때 하고는 좀 다르겠지. 새끼 때는 더 귀엽잖아. 그래도 우린 커도 멋진 꼬리와 푸른 눈을 가지고 있어서 다른 고양이들과는 품위에 있어서 다르잖아. 우리 페르시안 고양이들은 사랑을 받을 수밖에 없는 귀족 고양이라고. 아니 왕족 고양이라고 해도 과언이 아니지. 너무 걱정하지 마. 다시 사랑을 받게 될 거야. 사람들은 우리 고양이들이 개와는 다르게 독립적인 생활을 한다고 생각할 뿐이야."

제시카가 자기 생각을 말했다.

"과연 그럴까? 우리 주인도 그렇게 생각하는 걸까? 그랬으면 좋겠다."

의아한 표정의 줄리가 고개를 갸우뚱거렸다.

"맞을 거야. 내 말이 맞을 테니 두고 봐. 나도 그런 시간을 지났고 지금 우리 주인은 나를 아주 잘 대해주고 있거든. 밥도 잘 챙겨주고 내게 혼자 놀 시간도 주고 또 사랑도 듬뿍 주어. 함께 놀 때는 주인과 함께 지내고 혼자 시간을 보내고 싶을 때는 나 혼자 지내지. 이것보다 더 좋은 생활이 어디 있겠어?"

제시카는 자기 자신이 대견해 보이는 듯했다.

"나도 그런 날이 왔으면 좋겠어. 지금같이 나 혼자만 집 안에 있는 생활은 싫어. 지루하고 감옥에 갇혀 있는 느낌이야. 너 감옥에 갇혀봤어? 감옥에 안 갇혀봤으면 내 기분을 모를 거야. 그곳은 마치 어두컴컴하고 나를 옥죄고 잠도 잘 오지 않고 항상 불안하게 만드는 곳이지. 사람들이 감옥에 갇힌 거나 고양이가 감옥에 갇힌 거나 피장파장일 거야. 난 사람들이 감옥에 가기 싫어하는 기분을 충분히 알 거 같아. 이런 생활이 계속되면 그 집에서 계속 살 수 없을지도 몰라."

이렇게 말하는 줄리의 표정은 침울해 보였다.

"조금만 더 기다려봐. 좋은 날이 올 거야."

어떻게 해서든 줄리의 마음을 풀어주려고 제시카가 노력했다.

"알았어."

그 후 며칠 동안 제시카는 줄리를 보지 못했다. 그래서 제시카는 줄리가 잘 지내고 있을 거로 추측하면서 즐겁게 집에서 지내고 있었다.

그런데 침울한 얼굴을 한 줄리가 갑자기 제시카 앞에 나타났다.

"아무래도 난 다시는 그 집에서 살 수가 없을 듯해. 이제 그 집을 나올 거야. 지금이 시각부터 난 그 집고양이가 아니야."

짜증 난 표정의 줄리가 불평했다.

"왜? 계속 주인이 너에게 관심을 두지 않는 거야?"

제시카가 오른발을 내밀고 흰 수염을 휘날리며 물었다.

"관심뿐 아니라 잘 만나지도 못해. 난 그 집에서는 외톨이이자 없는 존재나 마찬가지라고. 이제는 참을 수가 없어. 영원히 그 집에서 사라질 거야. 나를 찾아도 소용없어. 찾지도 않겠지만…."

줄리는 잔뜩 화가 나 있었다.

"흥분을 가라앉히고 천천히 생각해보자. 그 집에서 나온다고 해도 넌 갈 데가 없잖아. 우리 집에서도 너를 계속 받아줄 수는 없을 거야. 매일 놀러 오는 것은 상관없지만 이곳에서 사는 것은 문제가 달라. 우리 주인이 널 키워야 한다는 것인데 그러지는 않을 거 같거든. 왜냐하면, 먹이도 더 사야 하는데 돈도 더 들고 너까지 키우려면 두 배로 힘들어지거든. 우리 주인은 절대로 너를 받아들이지는 않을 거야. 물론 나는 너와 함께 우리 집에서 살고 싶지만. 어쨌든 어떻게 할 거야?"

제시카도 심각해졌다.

"여기도 있지 않을 거야. 너에게 작별 인사하러 온 거야. 내가 어떻게 이곳에서 계속 있을 수가 있겠어. 난 나만의 길을 개척할 거야. 어디든지 나갈 거야. 길거리를 헤매는 도둑고양이들도 잘 살잖아. 내가 설마 굶어 죽겠어?"

줄리는 결심을 단단히 한 듯 보였다.

"그래도 엄청 고생할 거야. 집 떠나면 고생이라는 말도 있잖아. 아무리 후진 집이고 거지 같은 집이라도 집만 한 곳은 없어. 집이 천국이란 말이야. 게다가 넌 분명히 도둑고양이 취급을 받을 거야. 우리 페르시안 고양이가 그런 취급을 받는다는 것은 있을 수 없는 일이야. 그건 일반 고양이들이나 하는 짓이야. 제발 체통을 지켜."

걱정스러운 모습의 제시카가 애원하듯 말했다.

"그런 것은 다 필요 없어. 난 나갈 거야. 내가 페르시안 고양이가 아니라 황제 고양이라고 해도 다 필요 없어. 난 나만의 길을 갈 거야."

줄리는 고집이 센 친구였다.

"그래도 다시 한번 생각해봐. 넌 잘 곳과 먹을 것을 얻을 곳이 없어. 나가면 쓰레기통을 뒤져야 하고 잠도 길거리의 구석에서 자게 될 거야. 그러면 위험해지게 되어 있어. 길거리에는 무시무시한 위험이 도사리고 있어. 개를 만날 수도 있고 나쁜 사람을 만날 수도 있어. 그럼 너의 생명이 위험해지게 되어 있어. 집 안에 안락하게 있을 때와 밖에 있을 때는 하늘과 땅 차이야. 잘 생각해봐."

제시카는 이제 어떻게 해서라도 줄리를 꼭 잡고만 싶었다.

"됐어. 난 더 이상 참을 수가 없어. 주인의 얼굴을 다시 보느니 차라리 나가서 죽어도 모험을 할 거야. 나는 용감한 고양이야. 그리고 천하의 페르시안 고양이라고. 네가 말한 것처럼 일반 고양이들처럼 비굴해지지도 않을 거고 비참해지지도 않을 거야. 어디에 있든지 나는 나의 신분을 기억하며 위엄 있고 고귀하게 살아갈 거야. 그리고 그렇게 겁을 먹지 않아. 적이 온다면 이 발톱으로 할퀴어주고 말 테야."

줄리의 얼굴에는 비장함이 서려 있었다.

"그래도 개는 이길 수 없어. 불도그를 만나거나 큰 개를 만날 수도 있어. 우리가 발이 빠르다고는 하지만 그런 개들은 우리에게 위협적이야. 그리고 가끔 발이 빠른 개도 있어. 쥐가 우리를 무서워하듯이 우린 그런 개가 무서운 거야. 그것은 어쩔 수 없는 천적 관계잖아. 이것이 우리의 숙명이야."

제시카는 이제 속으로 차츰 포기하면서도 말로는 계속해서 줄리를 붙들고 있었다.

"필요 없어. 개와 만나도 난 용감히 싸우겠어. 쥐도 피할 곳이 없으면 우리에게 덤벼들고 우리도 당황할 때가 많잖아. 개도 우리가 갑자기 덤벼들면 어쩌지 못할 거야. 난 자신 있어."

줄리는 이제 아무도 말릴 수 없는 표정을 하고 있었다.

"어쩔 수가 없네. 아무리 말려도 말을 듣지를 않네. 네가 알아서 판단해. 하지만 나는 네가 다시 집으로 갔으면 좋겠어. 나의 마지막 충고를 잊지 마."

제시카는 속으로 완전히 포기하고 고개를 떨구었다.

"그동안 고마웠고 즐거웠어. 다음에 다시 만날지는 모르지만 난 지금 떠나. 안녕."

이렇게 말하면서 자신의 여정에 자신만만해 보이는 줄리는 제시카를 뒤로한 채 문을 열고 밖으로 나가버렸다.

줄리의 삼일 동안의 고난 여행이 서막을 올리고 있었다. 줄리는 자신에게 어떤 일이 앞으로 벌어질지 전혀 예상하지 못했다. 하지만 생각보다 무시무시하고 강력한 것이 다가오고 있었다.

줄리는 제시카의 집에서 나온 후에 동네 골목 구석구석을 살피며 돌아다녔다. 처음 혼자서 주인 없이 길거리를 걸으니 자유감이 몰려와서 기분이 좋아졌다. 자신의 세상이 열리는 것만 같았다. 밖에는 역시 수많은 다양한 사람들이 많이 걸어 다녔다. 빨간색 고급 핸드백을 들고 하이힐을 신은 세련돼 보이는 여자, 검은 정장을 입고 똑바로 걷고 있는 남자, 평범한 교복 입은 여학생도 보였다.

줄리는 걷다가 힘껏 달려보았다. 집에서는 잘 못 달렸는데 밖으로 나왔으니 한번 힘껏 달리고 싶었다. 자신이 얼마나 빨리 달리는지 시험해보고 싶기도 했다. 줄리는 자신이 마치 호랑이가 된 것만 같았다. 어차피 고양이와 호랑이는 95프로 이상 모든 면에서 일치한다고 하지 않는가? 인간이 호랑이를 만질 수 없기 때문에 신은 작은 호랑이인 고양이를 만들어서 호랑이를 만질 수 있게 한 것이 아닌가? 결국 줄리는 자신이 원래 호랑이일 거라고 착각하는 듯했다.

그렇게 빨리 달리다가 건널목을 건널 때 하마터면 차에 치일 뻔했다. 무지하게 위험한 순간이었고 차에서 놀란 사람들이 차창 밖으로 머리를 빼고 무어라고 마구 말하고 있었다.

줄리는 아랑곳하지 않고 또 달리고 달렸다.

"휴, 큰일 날 뻔했네. 역시 호랑이처럼 달리는 것이 도시에선 힘들군. 차라리 배경이 도시가 아닌 아프리카와 같은 밀림이면 얼마나 좋을까. 한번 신나게 달려보게. 도시에선 그렇게 할 수가 없군."

줄리는 속으로 중얼거렸다.

줄리는 조금 지쳤는지 이제 어슬렁거리며 걸어 다녔다. 어떤 낯선 골목으로 들어선 줄리는 잠시 쉬고 있었다. 그때 노란색 일반 고양이 두 마리가 갑자기 줄리 앞에 나타났다. 그들은 도둑고양이인지 노란 털이 변색되어 있었다.

"페르시안 고양이 아니야? 너 여기서 뭐해? 여기는 우리 구역이니 다치고 싶지 않으면 꺼져."

조금 나이 어려 보이는 고양이가 줄리를 위협했다.

"구역이 어디 있니? 그리고 난 잠시 쉬려는 거니까 가만히 두어라."

줄리가 귀찮다는 표정을 했다.

"뭐 이런 게 다 있냐. 페르시안 고양이면 다 귀족 고양이인 줄 아나 본데 여기서는 우리가 왕이라는 것을 알아야지. 보아하니 가출한 고양인가 본데 우리와 같은 신세잖아. 그렇게 우릴 무시하고 까불면 좋지 않을 줄 알아. 우리한테 까불고 살아나간 고양이는 여태 없었어."

약간 나이 들어 보이는 고양이가 줄리를 깔보며 말했다.

"난 가출이 아니라 잠시 세상 구경 나온 것이야. 신경 쓰지 말아주기를 바라. 그리고 난 지금 너희들을 상대할 만큼 여유가 있지도 않아. 지금 내가 상당히 피곤하거든."

줄리가 상종하기 싫다는 듯 거만하게 말했다.

"뭐. 이딴 게 다 있어. 그 입을 더 이상 놀리지 못하도록 해주고 말겠어. 좀 뜨거운 맛 좀 봐야겠어, 너!"

이렇게 말하며 젊은 고양이가 오른쪽 발톱으로 줄리의 머리를 할퀴었다. 나이든 고양이도 덤벼들 기세로 으르렁거렸다. 줄리도 화가 잔뜩 난 듯이 싸울 자세를 취하며 바짝 긴장했다. 하지만 아무래도 둘은 이길 수 없을 거 같아 줄리는 줄행랑을 쳤다.

줄리는 온종일 걸어서 지쳤다. 땅거미가 줄리를 비웃으면서 뒤를 쫓고 있었다. 어두운 밤이 되어서 줄리는 갈 곳이 없었고 배도 고팠다. 온종일 아무것도 못 먹었다. 집에 있을 때는 먹을 것이 풍부했었는데 밖으로 나오니 챙겨주는 사람이 없었다. 주인은 그래도 밥은 챙겨주었는데 세상은 냉혹했다.

배에서 꼬르륵 소리가 난 줄리는 할 수 없이 자신이 페르시안 고양이라는 체면을 잊기로 했다. 결국, 쓰레기통을 뒤지기로 한 것이었다.

페르시안 고양이가 쓰레기통을 뒤진다는 것은 있을 수 없는 일이었지만 시장기가 느껴지는 데에는 장사가 없었다. 줄리는 쓰레기통에 음식 찌꺼기가 있는지 오른발로 뒤지기 시작했고 다행히 빵 조각과 치즈 한 덩어리를 찾아낼 수 있었다. 정신없이 보이는 대로 먹기 시작한 줄리는 포만감을 느꼈는지 어느새 잠이 들었다.

하늘의 별들은 줄리를 빛의 담요로 덮어주고 있었다. 줄리가 자는 동안 지켜줄 수 있는 것은 별들의 호위밖에 없는 듯했다.

다음 날 아침에 햇살의 따사로움에 깨어난 줄리는 하품을 했다. 그리고 주위를 두리번거렸다. 아무도 없었다. 줄리에게 외로움이 몰려왔다. 집에 있을 때는 꼬마들도 자기와 놀아주고 가끔 제시카도 놀러 오고 주인의 친구들도 와서 왁자지껄했었다. 줄리는 그런 것들을 귀찮아 했었다. 그런데 지금은 철저히 혼자였다. 마치 세상이라는 사막에 혼자 떨어져 있는 것 같았다. 가도 가도 끝이 보이지 않는 적막함과 외로움이었다.

줄리는 힘없이 터벅터벅 걸었다. 길을 걸으면서 도시의 빌딩과 걸어 다니는 사람들과 도시의 풍경들을 구경하면서 다녔다. 그때 갑자기 큰 개를 데리고 어떤 아줌마가 다가왔다.

줄리는 애써 외면하며 그 상황을 피하고 싶었다. 그런데 그것이 자기 뜻대로 되지를 않았다. 큰 개가 자신에게 달려들었다. 큰 개는 멍멍 짖으면서 자신을 위협했다. 자세히 보니 추위를 잘 이기고 썰매를 끈

다는 시베리안 허스키였다. 큰 코는 검었고 흰색과 검은색의 적절한
조화를 이루고 있고 날카로운 이빨을 가진 이 큰 개는 아주 무서웠다.

"넌 누구냐?"

가까이 온 시베리안 허스키가 말을 걸어왔다.

"난 줄리라고 해. 페르시안 고양이야."

큰 개의 기세에 눌려서 기어들어가는 목소리로 말했다.

"어디 가는 거야? 혼자야?"

개의 목소리는 우렁차고 무서웠다.

"응."
"그렇게 혼자 다니면 못써. 까불지 말고 집에 가라. 안 그러면 혼내
줄 테야."

시베리안 허스키는 괜한 시비를 걸었다.

"알았어."

줄리는 겁에 질려서 이렇게 대답했다.

으르렁거리며 파란 눈을 크게 뜨던 시베리안 허스키는 다행히도 줄리 옆을 그냥 지나쳤다. 줄리는 안도의 한숨을 쉬었다. 줄리는 앞으로 자신에게 닥칠 위험한 상황이 너무 많음을 깨달았다.

"아휴, 무서워서 죽는 줄 알았네. 도대체 저렇게 큰 개가 있다니 놀랍네. 시베리안 허스키가 큰 것은 알고 있었지만 저렇게 크고 무서운 얼굴을 하고 있을 줄은 정말 몰랐어. 그런데 저 아줌마는 저런 큰 개가 뭐가 좋다고 데리고 다닐까? 사람들은 참으로 알 수 없는 족속들이란 말이야. 우리 같은 예쁜 페르시안 고양이를 데리고 다녀야지, 왜 저렇게 무서운 괴물 같은 개를 데리고 다니고 키우는지 모르겠어. 그것은 평생 풀 수 없는 미스터리야."

줄리는 속으로 중얼거렸다.

줄리는 이틀째 세상으로의 여행을 계속하고 있었다. 첫날은 고양이들의 놀림을 받고 둘째 날도 개의 위협을 받았다. 앞으로 어떤 일이 또 있을지 몰랐다. 그렇게 생각하면서 걷고 있는데 갑자기 개구쟁이

아이들 두 명이 줄리 앞에 나타났다.

"아, 이거 귀엽게 생긴 고양이네."

첫째 아이가 천진난만한 미소를 지었다.

"그러게 말이야. 이 고양이 아마 페르시안 고양이일 거야. 저 꼬리를 보면 알 수가 있어. 수염도 길고 눈도 파랗잖아. 이런 것이 페르시안 고양이의 특징이지."

둘째 아이가 막 떠들어대었다.

이렇게 말한 그들은 줄리를 잡으려고 뛰어다녔다. 줄리는 잡히지 않으려고 이리저리 도망쳤다. 하지만 큰 벽이 줄리 앞에 가로막혀 있었다. 줄리는 당황하지 않을 수 없었다.

"어딜 도망가려고 그래. 우리하고 놀자."

첫째 아이는 철부지 같아 보였고 한 8살처럼 보였다. 그는 막무가내였다. 그가 줄리의 큰 꼬리를 오른손으로 잡고 깔깔 웃어대었다. 줄리는 아파하면서 야옹 하며 오른손으로 그 소년의 손을 할퀴었다.

"아, 이 고양이가 내 손을 할퀴었어."

첫째 아이가 아파할 때 둘째 아이가 옆으로 다가왔다.

"어디 좀 봐. 빨개졌네. 가만두지 않겠어. 이 고양이를 혼내주자."

둘째 아이가 두 손을 벌리며 줄리를 완전히 잡으려고 했다. 줄리도
화가 나서 점프해서 입으로 그 소년의 손을 물고 도망쳤다.

"앙, 나의 손도 저 고양이가 물었어. 잡아라."

줄리는 그 길로 도망치고 두 소년은 소리를 지르면서 뒤에서 쫓아왔
다. 하지만 줄리의 빠른 발을 그들이 따라잡을 수는 없었다.
줄리는 한참을 뛰어서 한적한 곳으로 피신을 했다. 그리고 악몽 같
은 상황들을 생각해보았다.

"첩첩산중이네. 세상은 마치 사막 정도가 아니라 완전 전쟁판이네.
이렇게 가다간 난 죽을 수도 있겠다. 갑자기 집이 그리워지기 시작하

네. 빨리 집에 가서 맛있는 거 먹고 싶다. 집에 가면 생선도 있고 치킨도 있고 먹을 것이 많은데. 내 친구 제시카도 보고 싶다."

줄리는 어깨에 힘이 쭉 빠져서 털썩 주저앉아버렸다.
또다시 밤이 찾아왔다. 이번에는 달의 따스한 기운이 줄리를 감쌌다. 달은 밤의 검은 장막에서 줄리를 지켜주고 있었다.

가출한 지 셋째 날이 찾아왔다. 줄리는 이제 지치고 배도 고프고 정말 아침부터 집에 가고 싶어졌다. 하지만 오기가 생겼다.

"여기서 내가 쉽게 넘어지면 안 되지. 지금 집에 가면 주인이 뭐라고 하겠어? 제시카도 나를 비웃을 거야. 그럴 거면 왜 나갔냐고 할 거야. 아직은 들어가면 절대 안 되지. 아직은? 그럼 난 언젠가는 집으로 가는 걸까?"

줄리가 또 중얼거렸다.

그때 공무원 복장을 한 두 남자가 줄리 앞에서 서성거리고 있었다. 그들은 무어라고 속삭이더니 갑자기 줄리를 잡았다. 줄리는 눈 깜짝할 사이에 일어난 일이라 그들에게 잡히고 말았다.

줄리는 놓아달라고 소리쳤으나 그들에게는 고양이 소리로만 들렸을 뿐이었다. 줄리는 자신의 언어를 이해 못 하는 인간들이 미워졌다. 그들은 조그만 차에 자신을 태우고 어디론가 갔다.

사실 그 두 사람은 유기동물보호소의 직원들이었다. 버려진 동물들을 잡아서 보호하려는 어찌 보면 선한 의도를 가진 사람들이었다. 하지만 줄리의 입장에서는 자신은 버려진 동물이 아니라고 항변하고 싶었다. 그래도 그들은 닭장같이 생긴 감옥 같은 곳에 줄리를 가두었다. 좋은 점은 물과 먹을 것을 가져다준 점이었다.

"오랜만에 배부르구나. 일단 먹긴 먹었는데 여기서 어떻게 빠져나가지? 난 이곳에서 살기는 싫다고. 집에 가고 싶다고. 꼭 이곳을 탈출하고 말 거야."

줄리는 파란 눈을 깜박거리며 속으로 다짐했다.

유기동물보호소에는 각종 동물이 많았다. 자신과 같은 고양이뿐만 아니라 각종 개와 심지어 토끼와 햄스터도 있었다. 눈을 씻고 찾아보아도 페르시안 고양이는 보이지 않았다. 고양이 종류는 노란색의 일반 고양이, 지저분해 보이는 검은 고양이, 비쩍 마른 도둑고양이처럼 보이는 고양이들뿐이었다.

"나와 같은 페르시안 고양이는 없네. 하긴 누가 페르시안 고양이를 버리겠어. 귀족 고양이가 그런 대우를 받을 수는 없을 거야. 나는 스스로 가출한 거니까 특별한 경우겠지. 그래도 그냥 서글퍼진다. 만약 감옥 같은 곳의 문이 열리면 난 이곳을 탈출할 거야. 이곳이 어딘지 모르는데 과연 집으로 찾아갈 수 있을까? 아 괜히 그 편한 집을 나온 거 같다. 역시 집 나오면 개고생이란 말이 괜히 나온 것이 아니구나."

줄리는 슬픈 표정을 짓고 있었다.

그때 기적 같은 일이 일어났다. 갑자기 문이 열린 것이었다. 그때 줄리는 뒤도 돌아보지 않고 문을 박차고 도망쳤다. 음식을 주려고 했는지 다른 일을 하려고 했는지 모르지만 당황한 공무원이 줄리를 쫓아갔다. 하지만 재빠른 줄리를 잡을 수는 없었다.

줄리는 그 길로 도시를 마구 방황했다. 이제는 방황이 아니라 방향을 잡고 달렸다. 그 방향은 집이었다. 역시 올바른 방향은 집이었던 것이었다. 줄리는 사흘 동안 힘든 경험을 하고 나서 후회했다.

"이제 집으로 돌아가면 절대로 밖으로 나오지 않을 거야. 집은 천국이야. 밖은 집에 비하면 지옥이야. 집은 나를 따뜻하게 감싸주는 장소이고 포근한 장소야. 난 그런 집을 외면했어. 주인도 보고 싶다. 주인은 나를 사랑하고 나를 다독여주었어. 제시카도 보고 싶다. 제시카는 나의 유일한 친구이자 참된 벗이야. 그렇게 좋은 곳을 나와서 사서 고생한 난 바보인가 봐. 난 세상을 몰랐어. 난 세상이 이런 곳인 줄 몰랐어. 세상도 살 만한 곳이라고 생각했지만, 나의 착각이었어. 그런데 집을 어떻게 찾아가지? 집은 도시가 아니고 도시 외곽이었어. 그것을 생각하고 집중해야지."

　이렇게 중얼거리면서 걸어가던 줄리는 밤이 깊어서 한구석에서 삼일째 되던 날을 보내게 되었다.

　다음 날 가출한 지 사흘이 되는 아침이 밝았다. 줄리는 좋은 꿈을 꾸었는지 기분 좋은 표정을 지으면서 하품하며 일어났다. 그리고 줄리는 미친 듯이 도시를 벗어났다. 우선 도시를 벗어나면 집으로 가까워질 것만 같았다. 도시를 벗어나긴 했는데 자꾸 보지 못했던 낯선 장소들이 나와서 줄리는 당황했다.

　"이곳은 어디지. 왜 바다와 같은 곳이 나타나는 거지? 우리 집은 바닷가 근처가 아니란 말이야. 우리 집은 한적하고 조용하고 나무와 풀들이 많은 그런 곳이란 말이야. 저기 저 오리와 백조는 뭐지? 하얀 배들이 저렇게 많이 정박해 있네. 이곳은 바다는 아니고 호수구나. 정말 바다와 같이 엄청나게 크네. 어쨌든 난 방향을 잘못 잡은 거 같다. 어떡하지?"

　줄리는 울상이 되었다.

　그때 갑자기 줄리의 눈앞에 검은 고양이 한 마리가 나타나서 말을 걸었다.

"여기서 뭐해?"

"집을 찾고 있어. 넌 누구니?"

"난 소피라고 해. 반갑다. 너의 이름은 뭐니?"

"난 줄리라고 해. 어쨌든 난 빨리 집에 가고 싶어."

"집이 어딘데?"

　꼬리를 상하로 흔들며 소피가 물었다.

"잘 몰라. 무작정 처음 밖으로 나와서 이렇게 찾지 못하고 있어."

　이미 줄리의 표정은 자포자기였다.

"그래도 대충이라도 설명해봐. 난 안 가본 데가 없는 고양이라 찾을 수 있을 거야."

소피는 자신만만해 보였다.

"그래? 잘됐다. 날 꼭 집으로 데려가줘. 제발."

줄리가 간절히 애원했다.

"알았어. 넌 나를 잘 만난 줄 알아. 대충 설명만 해. 내가 데려가줄게."

소피는 정말 많은 곳을 돌아다닌 고양이였다.

"그러니까 그곳은 흰 집들이 많이 모여 있는 곳이고 나무들이 무성한 곳이야."

지친 모습의 줄리가 나름대로 설명했다.

"음, 그 정도 가지곤 힘들지. 내가 아무리 지역에 능하다고 해도 그건 힘들어. 더 구체적으로 말해봐."

소피의 귀는 줄리의 입을 주목했다.

"맞아. 우드 스트리트라는 글자를 봤어."

줄리의 머릿속에 언뜻 글자들이 떠올랐다.

"우드 스트리트? 아, 그러면 찾을지도 모르겠다. 난 주소만 알면 찾을 수 있거든. 일단 우드 스트리트를 찾고 그곳에 가서 너의 집을 찾으면 되겠다. 자 따라와."

검은 고양이 소피가 꼬리를 흔들면서 앞장서고 줄리가 따라갔다.

소피는 무척 똑똑한 고양이였다. 경험과 지식을 겸비한 듯했다. 소피는 인간들의 지도도 읽을 줄 알았다. 소피는 지도를 보면서 우드 스트리트 근처로 줄리를 인도하고 있었다.

"이제 조금만 있으면 우드 스트리트야. 집에 곧 가게 될 거야."

소피가 사뿐사뿐 걸으면서 말했다.

"정말 고마워. 넌 천재야. 너를 만나지 못했으면 난 고아 고양이나 도둑고양이가 되어버렸을 거야. 너는 나의 구원자요, 산성이요, 피난

처요, 모든 것이야. 나는 너의 은혜를 영원히 잊지 않을 거야. 아니 나는 내일 지구가 종말하더라도 항상 너에게 감사를 할 거야. 고맙다 친구야. 너는 나의 진정한 친구이자 가족 같은 고양이야."

줄리는 무척 감격스러워하는 눈치였다.

"그렇게까지 고마울 것은 없어. 나도 어차피 할 일도 없었으니까. 그리고 난 이렇게 어디든지 다니는 걸 아주 좋아하는 고양이야."

소피가 입에 미소를 머금은 채 말했다.

"그래도 넌 내겐 행운이야. 집에 가면 맛있는 걸 많이 줄게."

줄리의 입에는 흐뭇한 미소가 넘쳐흘렀다.

"조금 배가 고파오긴 하는군. 먹을 걸 준다면 고맙지. 나도 다른 것은 문제가 될 것이 없는데 음식을 찾는 게 가장 힘들거든."

먹을 것을 준다는 줄리의 말에 소피가 갑자기 기분 좋아했다.

"집에 가면 음식은 엄청 많아. 걱정하지 마. 너를 위해서라면 무엇이든지 만들어줄 거야. 우리 주인한테 말하면 어떤 것이라도 먹을 수 있을 거야. 우리 주인은 나를 무척 좋아해서 내가 아양을 한 번만 떨면 맛있는 음식을 많이 가져다주거든."

줄리는 자랑하듯이 말했다.

"저기 보이지. 저기가 너의 동네인 우드 스트리트야. 저기서 너의 집이 어딘지 찾아가자. 너의 집은 어떻게 생겼니?"

앞쪽에 조그만 마을이 보이기 시작했다.

"크고 하얀 집이야. 지붕은 파란색이야. 앞뜰에는 하얀 꽃들이 만발해 있고 키 큰 나무들이 있지. 문은 단단한 나무로 되어 있어. 우리 주인의 차의 색깔은 노란색이야. 찾을 수 있어?"

줄리가 걱정스러운 듯한 표정을 지었다.

"충분해. 난 길과 집 찾는 데엔 선수거든."

고양이들은 천천히 집들을 살펴보면서 어슬렁거렸다. 시간이 조금 지나서 줄리가 갑자기 소리쳤다.

"저기야. 저 집이야. 이제 집으로 왔다. 드디어."

줄리가 어쩔 줄 몰라 하며 감격했다.

"금방 찾지."

환한 표정의 소피가 웃었다.

"넌 천재야. 길 잘 찾는 천재. 네가 없었으면 난 아마 지금쯤 어둠 속에서 헤매고 있었을 거야. 아니 죽었을지도 몰라. 너는 나의 생명을 구한 고양이야."

줄리는 춤이라도 덩실덩실 출 듯한 기분이 들었다.

"들어가자. 주인이 반겨줄 거야."

행복한 표정의 소피가 독려했다.

"그런데 주인이 날 반겨줄까? 사실 난 몰래 가출했거든. 사흘이나 사라졌다가 집으로 가면 주인이 날 때릴지도 몰라. 어떡해?"

줄리의 표정이 갑자기 어두워졌다.

"그럴 리 없어. 널 찾고 다녔을 거야. 아니면 너의 사진이 이미 이 도시 전체에 배포되었을지도 모르지."

장난기 있는 목소리로 소피가 위로했다.

"아니야. 난 안 들어갈래. 아무래도 불안해. 혼날 수도 있어. 아니면 쫓겨날지도 몰라. 괜히 가출했어. 모든 것이 나의 실수야."

줄리는 지난 3일을 후회하는 듯이 보였다.

"넌 그냥 세상 구경을 3일 동안 했을 뿐이야. 그렇게 큰 실수는 아니야. 그럼 나 같은 고양이는 뭐가 되니? 나는 365일 돌아다니는 고양이 잖아."

소피가 줄리 옆으로 와서 다독거렸다.

"난 이번이 첫 가출이야. 집에만 있는 고양이였단 말이야. 나의 가출에 주인이 충격에 빠졌을지도 몰라. 주인은 나를 미워하고 있을 거야."

줄리는 걱정스러운 목소리였다.

"절대 그럴 리 없어. 근데 주인은 어떤 사람이야?"
"응, 한 40대쯤 되는 중년 아저씨야. 나하고 혼자 살고 있어. 내가 유일한 그의 위로였는데 내가 도망갔으니 더 화가 많이 났을 거야."

줄리는 갑자기 주인 만나는 것이 두려워졌다.

"아니야. 너를 애타게 찾고 기다리고 있을 거야. 나를 믿어보고 들어가자."

자신감 있는 표정을 한 소피가 앞장섰다.

"알았어. 혼나거나 쫓겨나도 내가 감당할 부분이겠지. 하지만 쫓겨난다면 난 슬플 거야."
"걱정하지 마. 네가 쫓겨나면 내가 너를 데려가겠어. 그때는 나랑 여행하면서 다니자."

소피는 참으로 좋은 녀석이었다.

"넌 참으로 나에게 힘이 되는 고양이야."

줄리는 갑자기 힘이 솟구쳤다.

고양이들은 굳게 닫힌 문을 발로 두들겼다. 줄리가 점프해서 초인종을 눌렀다.

"이야, 너 그렇게 높게 뛸 수가 있구나."

소피는 정말 놀란 표정을 지었다.

"이건 집에 있을 때 하도 하던 거라 할 수 있는 거야."

줄리는 기분이 좋아지며 펄쩍펄쩍 뛰었다.

그때 갑자기 문이 확 열리고 약간 뚱뚱한 중년의 사내가 세상에서 가장 반가운 표정을 지으며 나타났다.

"줄리야. 어디 갔었어."

주인은 줄리를 꼭 껴안고 입에 뽀뽀까지 했다. 심지어는 눈에 눈물을 글썽거렸다. 주인은 옆에 있는 소피를 쳐다보지도 않았다. 소피는 그래도 흐뭇해했다. 줄리도 주인의 품에 안겨서 감격해했다.

주인과 줄리와 소피는 세상을 다 가진 듯이 기뻐하며 집 안으로 들어갔다.

"거봐, 주인이 너를 기다릴 거라고 했잖아."

소피가 눈웃음치며 말했다.

"감사한 일이야. 기적이야. 난 혼날 줄 알았는데 나를 이렇게 기다리고 사랑해주다니 너무 행복해."

줄리는 지금 이 순간 세상에서 가장 행복한 페르시안 고양이였다.

주인은 그제야 소피를 보고 먹을 것과 물을 가져다주었다. 둘은 행복하게 먹을 것을 먹고 즐거워했다. 그때 어디서 소문을 들었는지는 모르지만, 갑자기 제시카가 나타났다.

"줄리야. 돌아왔구나. 나도 너를 무척 기다렸고 걱정했어. 고생 많았지?"

"제시카야. 잘 있었어? 역시 집이 좋아. 좋은 경험을 많이 하고 왔어. 그동안 있었던 일은 천천히 말해줄게. 3일 동안이 나에겐 30년 같았어. 하지만 그 3일 동안 나는 많은 것을 배운 거 같아. 집이 천국이라는 것을 절실히 깨닫는 3일이었어. 이 세상에 집보다 좋은 곳은 존재하지 않는 것만 같아. 그리고 너를 다시 보니 좋네. 친구라는 것은 언제나 좋은 거구나."

세상의 기쁨이 얼굴에 가득한 줄리가 제시카를 반기며 말했다.

"이 검은 고양이는 누구야?"

제시카가 궁금한 얼굴로 물었다.

"난 소피라고 해."

약간 겸연쩍어하는 표정의 소피가 앞으로 나가며 자기소개를 했다.

"나의 친구이자 길 가이드지. 이 친구가 아니었으면 집에 결코 돌아올 수 없었을 거야. 이번 3일 동안 얻는 것 중에서 가장 큰 것은 수많은 값진 경험과 이 친구야. 친구를 얻었으니 3일 동안이 아무리 고난이 있었어도 값진 날들이었던 거 같아."

줄리는 지난 3일을 곱씹듯이 회상하며 말했다.

"그랬구나. 어쨌든 모든 것이 잘되어서 다행이다."

사랑스러운 미소를 지으며 제시카는 진심으로 기뻐했다.

고양이 셋은 그날 저녁이 새는 줄도 모르고 담소를 즐겼다.

네 명의 모사꾼들은 모닥불이 활활 타오르는 방에 모였다. 그들은 서로 자신의 이야기가 제일이라고 우겨댔다.

　"아무래도 나의 이야기가 최고입니다. 무려왕과 화선이의 이루어질 수 없었지만 처절한 사랑은 영원히 남을 사랑 이야기입니다. 이런 사랑은 보기 힘든 것입니다. 로미오와 줄리엣 이래로 이러한 사랑이 있었는지 한번 돌이켜보십시오. 아마 없었을 것입니다. 사랑은 위대한 것입니다. 우리는 사랑하기 위해 태어났고 사랑을 위해서 사는 것인지 모릅니다. 그만큼 사랑은 중요합니다. 사람에게 사랑이 없다면 그것은 죽은 목숨이고 마치 영혼이 없는 사람처럼 될 것입니다. 그런 의미에서 무려왕과 화선이의 사랑 이야기는 최고 중에서 최고입니다."

　첫째 사람이 강하게 주장했다.

　"아닙니다. 그리는 대로 이루어지는 로버트의 이야기가 최고입니다. 이런 이야기는 아무나 할 수 없는 환상적인 이야기입니다. 이런 환상적인 이야기는 인간의 머리로는 나올 수가 없는 상상입니다. 이야기의 핵심은 상상입니다. 상상과 환상이라는 말은 어쩌면 쌍둥이처럼 일맥상통하는 면이 있습니다. 그러므로 가장 상상력이 돋보이는 이야기가 최고입니다."

둘째 사람도 자기가 최고라고 우겼다.

"말도 안 돼요. 브루노와 루나의 사랑이야말로 가장 아름다운 사랑 이야기이자 최고의 이야기입니다. 이런 이야기는 과거나 현재나 미래 어디에도 없는 이야기입니다. 사랑은 간절히 소망하면 이루어질 수 있습니다. 그러므로 사랑과 소망은 연결된 것입니다. 어쩌면 루나의 그런 사랑을 향한 소망이 사랑의 완성으로 이루어진 것입니다. 소망은 기적을 일으키고 그것이 사랑의 기적이 된 것입니다. 그런 의미에서 이 이야기가 최고입니다."

셋째 사람도 목이 쉬도록 자신의 이야기가 최고라고 주장했다.

"이제 인간의 이야기나 사랑 이야기는 싫증이 납니다. 고양이들의 이야기가 환상적이고 최고의 이야기입니다. 동물들도 자신의 방식으로 소통을 합니다. 인간들은 그것을 모르고 있을 뿐입니다. 동물들이 말하는 모습을 그린 이 이야기야말로 환상적이고 최고의 이야기입니다."

네 번째 사람도 힘 있는 목소리로 주장했다.
그때 갑자기 신비한 모습을 한 천사가 나타났다. 네 사람은 깜짝 놀랐다.

그 신비한 천사는 말했다.

"안녕하세요. 제가 옆에서 모든 이야기를 들었습니다. 아무래도 제가 판단해주는 것이 좋지 않을까요? 여러분들의 이야기는 모두 다 최고였습니다. 이야기라는 것은 이야기만으로 귀한 가치가 있는 것입니다. 누구의 이야기가 다른 사람의 이야기보다 낫다고 할 수는 없는 것입니다. 이야기는 그냥 이야기 자체로 즐기면 되는 것입니다. 우리 인생도 바로 이야기입니다. 우리 인생도 사실 이 세상에 잠시 와서 즐기고 가는 이야기가 아닐까요? 물론 최고의 이야기는 우리를 위해서 십자가에서 돌아가시고 구원해주신 예수님의 이야기입니다. 역사인 History는 바로 그(예수님)의 이야기인 것입니다. 역사가 BC와 AD로 나누어지는 것도 예수님의 탄생입니다. 역사는 예수님 이전과 이후로 나뉘는 것입니다. 여기 계신 네 분의 이야기꾼분들도 예수님을 만나고 삶의 변화가 있기를 기도합니다. 인간의 이야기 중에 최고는 주님을 만나고 천국을 바라보면서 하나님께 영광을 사는 삶입니다. 예수그리스도께서 우리 죄를 위해서 돌아가시고 부활하신 사실인 복음을 받아들이고 복음의 빚진 자 된 우리가 복음의 신비와 복음의 능력과 복음의 역사와 복음의 빛과 복음의 영광과 복음의 진수를 증거 하는 것이 가장 중요합니다. 최고의 즐거운 이야기를 들려주신 네 분께 하나님 안에서 감사를 드리고 축복합니다."

그 천사의 말을 들은 네 명의 이야기꾼들은 말없이 그곳을 즉시 떠났다.